Rot + Licht

Taschenbuchausgabe
Copyright Berlin / Juni 2012 by Rot + Licht
Alle Rechte vorbehalten
ISBN 978-3-941931-04-6
Druck: BOD

Raymond Zoller
Urwaldidyllen

Inhalt

URWALDIDYLLE
Eine kulinarische Erzählung

*1. Wie die Königstochter von einer Pythonschlange gefressen wird
und nicht mehr vom Baume herunterkommt.*

Eine Königstochter wurde bei einem Spaziergang im Urwald von
einer Pythonschlange gefressen und verbrachte drei Tage und drei
Nächte in deren Bauche.

Bei Anbruch des vierten Tages konnte sie mit Hilfe einer Haarspange den Bauch der Schlange von innen aufschlitzen und ins
Freie kriechen. Sie fand sich wieder in der Krone eines von Lianen
umschlungenen Urwaldbaumes, welcher am Ufer eines tiefblauen
Sees mächtig seine gewaltigen Äste ausbreitete und behangen war
mit Früchten der ungewohntesten Art und Form.

Die Königstochter schaute nach unten und sah, daß es bis zum
Erdboden sehr weit war. Das beunruhigte sie. Denn sie verstand,
daß sie auf dem Baume nicht bleiben konnte und daß sie hinab-
steigen mußte; was ihr sehr schwierig schien und kompliziert.
Klettern hatte sie nie gelernt; weder von unten nach oben noch
von oben nach unten; das einzige, was sie gelernt hatte, war - Königstochter zu sein.

Doch das half ihr hier nicht weiter.

Vor dem Abstieg grauste ihr. Ihr Kleid, welches durch den Auf-
enthalt im Bauche der Schlange schmutzig war und sehr zerknit-
tert, wird noch mehr knittern und noch schmutziger werden und
vielleicht sogar reißen; ihre Strümpfe werden Laufmaschen bekom-
men; und vielleicht wird sie gar auf halbem Wege den Halt verlie-
ren und in die Tiefe stürzen.

All dies war ihr sehr unangenehm.

2. Wie die Kannibalen die Königstochter essen wollen

Wie sie so auf dem Baume saß und nachdachte, kamen unten zwei
Kannibalen vorbei, die ihr Stamm auf Nahrungssuche ausgeschickt

hatte. Sie sahen die Königstochter auf dem Baume; und weil sie jung war und zart, beschlossen sie, sie zu essen.

Die Königstochter, welche von alledem nichts wußte, rief den beiden zu, sie sollen ihr vom Baume herunterhelfen. Doch die antworteten nicht und tuschelten miteinander in einer ihr unbekannten Sprache.

Dann eilte der eine davon; und der andere hockte sich, das Gesicht ihr zugewandt, ins Gras.

Sie rief ihn an; doch er lachte nur. Als sie dann vorsichtig versuchte, sich in dem Gewirr aus Ästen und Lianen ein Stück weiter nach unten zu hangeln, da sprang er plötzlich auf, schnatterte aufgeregt irgendetwas, was ihr unverständlich blieb, und schwang sein Speer.

Die Königstochter verstand, daß er sie bewachte und daß sie gefangen ist. Sie vermutete, daß man irgendetwas mit ihr vorhat; was sie sehr beunruhigte; doch andererseits erfüllte es sie mit Genugtuung, daß man, was immer man auch mit ihr vorhaben mag, ihr dazu erst vom Baume herunterhelfen muß. Wenn sie dann auf der Erde ist, werden sich möglicherweise neue Probleme auftun; doch sicher wird sich nach Auftauchen neuer Probleme auch eine entsprechende Lösung für sie finden.

Alsbald mischten sich in den vielstimmigen Reigen der Vögel und das Schreien des Urwaldgetiers dumpfe rhythmische Schläge, die immer deutlicher wurden und sich im Näherkommen zu Trommelwirbeln verdichteten; und nach kurzer Zeit brach aus dem Busch eine nicht enden wollende Prozession dunkelhäutiger Leute hervor, die stracks auf ihren Baum zustrebten. Ihr Bewacher schwang sein Speer und winkte den Ankommenden fröhlich zu; und kurz darauf wimmelte es unter dem Baume von aufgeregt durcheinanderschnatternden Menschen, die interessiert zu ihr hochstarrten. Einer von ihnen machte gar Anstalten, hochzuklettern; doch ein besonders herausgeputzter Eingeborener rief ihn mit strenger Stimme an und machte eine abwehrende Handbewegung; worauf der Kletterer vom Baume abließ und beschämt davonschlich.

Als sie dann aber sah, wie sie um einen großen Topf, den sie herangeschleppt hatten, eine Feuerstelle bauten, da verstand sie, daß das Kannibalen sind. Dies war ihr sehr unangenehm; denn sie hatte keine Lust, noch einmal aufgegessen zu werden.

3. Wie die Kannibalen versuchen, die Königstochter zu fangen und darüber in Hektik geraten

Bald schon brannte unter dem Topfe ein lustiges Feuer. Der herausgeputzte Kannibale hub mit lauter Stimme zu reden an; und schon eilten dreie von den Eingeborenen zu dem Baume hin und machten sich auf den Weg nach oben. Die Königstochter staunte, wie behende die kletterten konnten und bedauerte, daß sie selbst das nie gelernt hatte. Denn wenn sie es gelernt hätte, wäre sie vor Eintreffen der Kannibalen heruntergestiegen und würde jetzt nicht aufgegessen.

Die dreie kamen immer näher. Um nicht sofort gefangen zu werden, kletterte sie vorsichtig hinaus auf einen jener Äste, die sich machtvoll über den Wassern des tiefblauen Sees dahinerstreckten. Doch der Ast begann, sich bedenklich unter ihrem Gewichte zu senken; und um nicht ins Wasser zu fallen, machte sie schließlich Halt.

Da sie keinen Ausweg mehr sah, beschloß sie, sich willig in ihr Schicksal zu fügen und nicht durch Nervosität und Hektik die Situation unnötig zu verkomplizieren. Sie setzte sich locker in eine schwankende Astgabel und schaute den Eingeborenen zu, wie sie, sich geschickt von Ast zu Ast, von Liane zu Liane hangelnd, immer näher kamen.

Schon bestieg einer von ihnen den Ast, auf dem sie saß; doch da der Ast sich zu stark neigte, stieg er wieder ab. Die drei streckten die Köpfe zusammen zu einträchtiger Beratung, die jedoch offenbar keine befriedigende Lösung brachte, denn kurz darauf zogen sie die Köpfe wieder auseinander und starrten die Königstochter in kummervoller Ratlosigkeit an. Sicher drohten ihnen da unten jede Menge Unannehmlichkeiten, wenn sie sie nicht fangen. Die

Königstochter bekam Mitleid mit ihnen; doch schien es ihr nicht angebracht, ihren Ast zu verlassen und sich ihnen auszuliefern, da, wie sie fand, ein rechter Mann das, was er anstrebt, nur in redlichem Bemühen erlangen darf.

Um die dreie von ihrem Kummer abzulenken, versuchte sie eine Unterhaltung. Sie deutete auf den unten aufgebauten Wasserkessel, den ein Eingeborener mit einem Eimer eifrig am Füllen war, und dann auf sich selbst, und schaute die dreie fragend an. Sie verstanden die Frage, nickten und lachten. Von ihren Stirnen verschwanden die tiefen Sorgenfalten; sie winkten sie zu sich heran; doch die Königstochter schüttelte verneinend den Kopf.

Von unten her tönte drohend die Stimme des bunten Eingeborenen. Die Antwort der dreie kam leise und schuldbewußt; und wieder bildeten sich auf ihren Stirnen tiefe Sorgenfalten. Einer nach dem andern versuchten sie, auf den Ast hinauszusteigen; und sowie der Ast sich zu bedenklich neigte, kehrten sie wieder um. Wieder streckten sie die Köpfe zusammen zu einträchtiger Beratung; wieder konnten sie zu keinem Ergebnisse kommen und starrten die Königstochter in kummervoller Ratlosigkeit an. Und noch drohender als vorhin ertönte die Stimme des bunten Eingeborenen; und die dreie antworteten schon nicht mehr, sondern nickten bloß.

Die Königstochter zog ihre letzte Haarspange aus den Haaren; und offen fiel ihr das Haar über die schlanken Schultern. Dies stand ihr sehr gut; und auch den Eingeborenen schien es zu gefallen. Sie warf den dreien die Haarspange zu; und der Mittlere fing sie behende auf. Erstaunte Rufe ausstoßend, unterzogen sie die Spange einer eingehenden Betrachtung; bis von unten her die nun nicht mehr drohende, aber doch fordernde Stimme des bunten Eingeborenen ertönte. Woraufhin einer der dreie ein Stück nach unten kletterte und die Spange einem seiner Kollegen zuwarf; und dieser überbrachte sie flugs dem Bunten. Der schaute sie sich von allen Seiten an; dann beroch er sie und biß mehrfach hinein; und schließlich winkte er einen etwas weniger bunten Eingeborenen herbei, dem er, unter irgendwelchen sehr eindringlichen Worten, die Spange übergab. Dann rief er wieder mit lauter Stimme die dreie im Baume an; doch diesmal tönte in der Stimme Anerkennung und Lob; und die Gesichter der dreie hellten sich freudig auf. Offenbar rechnete er ihnen die Übergabe der Spange als ihr Verdienst an.

Ermuntert und aufgestachelt durch das Lob wandten sich die dreie wieder ihrer Aufgabe zu. In energischen Bewegungen kletterte der erste ein Stück auf den Ast hinaus und kehrte, da dieser sich gefährlich neigte, wieder um. Seine beiden Kollegen taten, einer nach dem andern, ein Gleiches; und dann streckten sie, wie vorhin, die Köpfe zusammen zu einträchtiger Beratung; nach welchselbiger sie, genau wie vorhin, die Königstochter in kummervoller Ratlosigkeit anstarrten. Schüchtern winkte der Mittlere die Königstochter zu sich heran; doch diese schüttelte verneinend den Kopf. Die dreie gefielen ihr immer weniger. Aber sie taten ihr leid.

Plötzlich deutete einer von ihnen, der einen blauen Ring am linken Ohr trug, erfreut nach oben, schräg über die Königstochter hinweg. Und flugs verließen die dreie den Ansatz zu dem Aste, auf dem die Königstochter saß, und kletterten behende weiter nach oben. Sie blickte hoch und gewahrte über sich einen weit hinausragenden Ast, der um vieles dicker war als der, auf dem sie Platz genommen hatte; und nur wenige Augenblicke später waren sie direkt über ihr.

Die Königstochter verstand, daß sie nun versuchen, ihr von oben her habhaft zu werden und machte sich ohne Hast daran, ihren Sitz zu verlassen. Doch kaum hatte sie sich erhoben, wie einer von den dreien eilends wieder nach unten kletterte und ihr den Rückweg abschnitt. Wie vorhin, setzte sie sich in lockerer Haltung in ihre Astgabel, ließ die Füße baumeln und wartete, was die beiden über ihr nun tun werden.

Es war ihr sehr unangenehm, daß man sie nun fangen und aufessen wird; doch andererseits begrüßte sie es, daß diese peinliche Situation, in der es weder ein Vorwärts noch Rückwärts gab, überwunden ist und daß die Sache endlich in Bewegung kommt.

Denn für die Königstochter gab es nichts unästhetischeres als der Anblick eines Mannes, der ratlos und unentschlossen auf der Stelle tritt; und zudem handelte es sich hier nicht bloß um einen einzelnen Mann, sondern um gleich drei Stück auf einmal.

Der Eingeborene mit dem blauen Ring im linken Ohr, der genau über ihr saß, knotete sich einen der Stricke, die sie bei sich hatten, um den rechten Unterschenkel, während sein Kollege das andere Ende um den Ast wand und festknotete. Gleich daneben wurde ein zweiter, frei nach unten hängender Strick befestigt. Diesen zweiten Strick ergriff der Mann mit blauem Ring, rutschte von seinem Sitz und hangelte sich nach unten. Kurz darauf hing er kopfüber genau über der Königstochter; und wenn er die Hand ausstreckte, reichte er fast bis zu ihrem Scheitel.

Von unten her tönte die drohende Stimme des bunten Eingeborenen. Der kopfüber hängende antwortete kleinlaut und schuldbewußt, und sein Kollege, der oben saß, fügte resigniert murmelnd noch irgendwas hinzu.

Nun mischte sich der dritte Eingeborene ein, der am Astansatz der Königstochter den Rückweg abschnitt, und sagte etwas zu dem kopfüber hängenden. Dieser nickte und ergriff den Strick, an dem er sich heruntergehangelt hatte. Aus dem Ende dieses Strickes knüpfte er eine Lassoschlinge; doch als sie fertig war, betrachtete er unschlüssig die Schlinge und dann die Königstochter und schüttelte den Kopf.

Die Königstochter zog kurzerhand ihren rechten Schuh aus und reichte ihn dem über ihr hängenden. Dieser ergriff ihn erfreut, betrachtete ihn von allen Seiten und befestigte ihn dann an der soeben geknüpften Schlinge; woraufhin der oben sitzende die Schlinge mit dem Schuh nach oben zog.

Wieder ertönte die fordernde Stimme des bunten Eingeborenen; der oben sitzende warf den Schuh seinem am Astansatz wachenden Kollegen zu, und dieser beförderte ihn weiter nach unten, wo er aufgefangen und dem Bunten übergeben wurde. Ohne dessen Reaktion abzuwarten, zog die Königstochter auch noch den linken Schuh aus und warf ihn dem dritten Eingeborenen zu, der ihr den Rückweg abschnitt. Auch dieser Schuh machte den Weg nach unten; und beide wurden sie von dem Bunten unter begeisterten Ausrufen genauestens inspiziert.

Der kopfüber hängende, der bei dem zu kurzen Strick in dieser Lage nichts auszurichten vermochte, hangelte sich derweil wieder nach oben und setzte sich, wie vorhin, rittlings auf den Ast. Aus dem Munde des Bunten tönte eine lange und lautstarke Belobigung, die allmählich in energisches Ermahnen überging und dann plötzlich in einem drohenden Stakkato abbrach. Die dreie auf dem Baum, deren Gesichter bei den Worten des Bunten von freudigem Triumph über energische Bereitschaft zu kummervoller Ratlosigkeit gewechselt hatten, begannen nun eine hektische Aktivität zu entfalten; und selbst der am Astansatz, der eigentlich nichts zu tun hatte, stellte sich drohend hin, als gälte es, einer ganzen Armee den Rückzug abzuschneiden. Die beiden auf dem oberen Aste bemühten sich krampfhaft, die vorhin geknüpften Knoten wieder aufzumachen; was aber offenbar nicht so einfach war.

4. Wie die Königstochter eine lutetische Kunst ausübt und der Wasserschlepper den Wassertopf umwirft

Die Königstochter aber saß locker in ihrer Astgabel und betrachtete erstaunt die sich entwickelnde Hektik. Sie mochte es nicht, wenn Männer in Hektik geraten; aber sie verstand, daß die Eingeborenen von Natur aus zappelig sind und daß sie aus eigenem Antrieb sich kaum zu einer ruhigen und besonnenen Handlungsweise aufraffen werden.

Um sie zu beruhigen und ihr eigenes ästhetisches Empfinden zu schonen, beschloß sie, ein Zeichen zu geben, daß sie keine Möglichkeit mehr sieht, der ihr zugedachten Verwendung zu entgehen und daß sie sich mit ihrem Schicksal abgefunden hat.

Und sie begann, sich auszuziehen. Denn sie vermutete, daß die Eingeborenen, sobald sie ihrer habhaft werden, sie sofort in den Topf stecken; und da wird man sie vorher sowieso ausziehen.

Eine Zeitlang hatte sie in Lutetia (heute Paris) geweilt; und dort gab es eine richtige Ausziehkunst, welche nur von jungen und wohlgestalteten Frauen ausgeübt wurde und welche die Männer sehr schätzten. Es erfüllte sie mit Neugier zu erfahren, ob die Eingeborenen, für welche das Ausgezogensein ja den Normalzustand darstellt und deren Frauenideal von dem lutetischen möglicherweise etwas abweicht, für solche Darbietungen ein Auge haben.

Gekonnt lüpfte sie ihren Rock, streifte den linken Strumpf ab und warf ihn ohne Umschweife dem verdutzten Eingeborenen zu, der den Zugang zu ihrem Aste bewachte. Und eh er sich versah, folgte schon der nächste. Sich lasziv in ihrer Astgabel räkelnd, löste sie nun die Knöpfe und Schnallen ihres Kleides und schälte sich langsam aus ihm heraus.

Die Eingeborenen waren durch ihren Auftritt wie vom Donner gerührt. Mit großen Augen verfolgten die drei auf dem Baume jede ihrer Bewegungen; und unten standen alle im Kreise und guckten nach oben; außer einem, der den großen Topf mit Wasser aus dem See füllte und noch immer nicht fertig war mit seiner Arbeit. Es war jener Vorwitzige, der vorhin auf den Baum hatte steigen wollen und den man offenbar als Strafe für seinen Vorwitz zum Wasserschleppen verdonnert hatte. Schon vorhin hatte er immer wieder in seiner Tätigkeit innegehalten, um den im Baume ablaufenden Ereignissen zuzuschauen; doch wie die Königstochter dann anfing, sich auszuziehen, da ward er in solchem Maße abgelenkt, daß er mit einer ungeschickten Bewegung den großen Topf, der schon fast voll war, umstieß.

Das Wasser ergoß sich über das Feuer und löschte es aus; woraufhin der Eingeborene einen schrillen Schreckensschrei ausstieß und, panisch den leeren Eimer hin und her schwingend, davonrannte. Die übrigen gerieten in wilde Aufregung und stürzten zum Orte des Geschehens; und auch die dreie im Baume kletterten eilends nach unten; selbst derjenige, der vorhin kopfüber über der Königstochter gehangen hatte. Den Knoten, der den Strick an dem Aste festmachte, hatte sein Kollege im letzten Moment noch aufgekriegt; die Seite hingegen, die sich um seinen Unterschenkel schlang, war zu feste geknotet; oder aber er war zu sehr durch sein langes Hängen erschöpft oder durch die Entkleidungsdarbietung der Königstochter abgelenkt, als daß er den Knoten hätte lösen können. Alles in allem hatte er aufgrund des um sein Bein gebundenen Stricks etwas Probleme mit der Fortbewegung; aber er hielt sich ganz gut.

Die Strümpfe, die sie ihrem Wächter zugeworfen hatte, blieben zurück und schwebten, an einem dünnen Zweige hängend, zärtlich im Winde.

5. Warum die Eingeborenen den Kessel ausrangierten

Die Eingeborenen aber standen nun vor einem schwierigen Problem.

Nämlich hatte ein Wasserkessel seinen Inhalt über ein Feuer ergossen und es gelöscht. - Dies war ein Ereignis, welches zu den fatalsten Komplikationen mit den Göttern führen konnte; denn die Götter können es nicht ausstehen, wenn eine Wassermenge, welche zum Erhitztwerden durch ein Feuer vorgesehen ist, dieses Feuer, bevor es seine Aufgabe hätte erfüllen können, zum Erlöschen bringt. Um Unheil abzuwenden, mußte der Wasserkessel nun entzaubert und anschließend ausrangiert werden; und derjenige, der selbiges Vorkommnis verschuldet hatte, mußte bestraft werden.

Von all dem wußte die Königstochter nichts; sie sah nur, wie die Eingeborenen, spitze Schreie ausstoßend, sehr lange um den umgestürzten Wasserkessel herumhupften, wie ein etwas abseits stehender, besonders bunt bemalter, rhythmisch die Arme hochwarf und wieder vor der Brust verschränkte; wie ein weiterer bunt bemalter ununterbrochen Liegestütz machte und ein dritter Kniebeugen; und wie dann unvermittelt zwei den Kessel packten, ihn im Laufschritt zum See brachten und aufs Wasser setzten, wo er schaukelnd verharrte.

Und dann liefen sie plötzlich schreiend in alle Richtungen auseinander.

6. Wie die Königstochter den Gästen vortanzen will und der Wind den Kessel mit ihrem Kleid davontreibt

Die Königstochter verstand, daß sie nun flüchten mußte. Sicher werden die Kannibalen zurückkommen, um sie zu essen. Dies wollte sie nach Möglichkeit vermeiden; bloß wußte sie noch immer nicht, wie sie vom Baume herunter auf die Erde gelangen sollte.

Sie beschloß, sich erst einmal anzuziehen und dann weiter zu überlegen.

Ihr Kleid hatte sie, nachdem sie es abgestreift, dem bunten Eingeborenen zuwerfen wollen; doch ein Windstoß hatte es erfaßt und hinausgetragen zu einem dünnen Aste hoch über den klaren Fluten des Sees, wo es nun, einer roten Fahne gleich, wellend wehte.

Sie versuchte, hinauszukriechen zu ihrem Kleide; doch der Ast neigte sich bedenklich nach unten; und die Königstochter beschloß, als erstes die Strümpfe wieder anzuziehen, die leichter zu erreichen waren. Und während sie langsam ihre Strümpfe wieder anzog und an den Strapsen festmachte, erfaßte ein weiterer Windstoß das Kleid, trug es zu dem Wasserkessel, der unten auf den Wellen schaukelte, und hängte es in einer anmutigen Bewegung über dessen Rand. Das Oberteil verschwand im Rachen der Höhlung, während der Saum zart über die Wellen streichelte.

Die Königstochter fand, daß das Kleid ihr beim Klettern sowieso hinderlich wäre; daß sie auch in Unterwäsche ganz reizend aussieht und daß dabei sogar gewisse Seiten von ihr ihre Betonung finden, die, wenn sie ein Kleid trägt, nicht so recht zur Geltung kommen. Die Königstochter aber mochte diese Seiten an sich nicht missen; und mit großer Befriedigung gedachte sie, wie sehr sie durch ihren Entkleidungsakt die Aufmerksamkeit der Eingeborenen hatte fesseln können.

Sie bedauerte, daß sie damals in Lutetia durch ihren Stand daran gehindert war, jene herrliche Kunst selbst zu studieren und auszuüben; und sie nahm sich vor, sobald sie vom Baume herunter ist, flugs nach Lutetia zu reisen und, ohne Rücksicht auf ihren Stand, eine Ausbildung als Entkleidungskünstlerin zu machen.

Vielleicht ließe es sich gar bei Hofe einrichten, daß sie bei Empfängen den Gästen vortanzt. Sie hatte gehört, daß beim Türkischen Sultan und bei sonstigen exotischen Herrschern solcher Brauch schon längst eingeführt ist; und was soll dem christlichen Abendlande verwehrt bleiben, was den Heiden möglich ist?

Und ihr Kleid soll jetzt ruhig auf dem Wasserkessel liegen und auf den Wellen schaukeln; sobald sie unten auf der Erde ist, würde sie es wieder anziehen.

Während die Königstochter sich in all diesen Erwägungen erging, war ein leichter Wind aufgekommen, der stärker wurde und immer stärker; und da er vom Lande her Richtung See blies, setzte sich darüber der Kessel mit dem Kleid, erst langsam und dann immer schneller, in Bewegung; und bald schon schaukelte er weit ab vom sicheren Strande auf den Wellen und wurde weiter und immer weiter hinausgetrieben.

Daß sie nun endgültig ihres Kleides beraubt war, beunruhigte sie nicht. Sie würde sich aus Zweigen und Blättern ein neues machen, eines mit tiefem Ausschnitt, oder einfach in Unterwäsche zur nächsten Siedlung aufbrechen. Warum nicht? Für eine Königstochter geziemt sich solches zwar nicht; doch da sie ihres vornehmen Gewandes verlustig ging, wird niemand merken, daß sie eine Königstochter ist.

Wenn man sie frägt, wird sie sagen, sie sei eine Künstlerin aus Lutetia.

7. *Wie die Königstochter sich an ihre Reise nach Moskovien erinnert und der Wasserträger naß wird.*

Aus diesen Erwägungen wurde sie durch Stimmengewirr und Krachen von Ästen herausgerissen; und wie sie den Blick in die Richtung wandte, aus der die Geräusche kamen, da sah sie, wie in langer Prozession die Eingeborenen wieder heranzogen.

Die Königstochter bedauerte, daß sie noch nicht geflüchtet war und vermutete, daß sie nun wohl doch gegessen wird.

Alsbald schon wimmelte es unter dem Baume wieder von Eingeborenen. In ihrer Mitte führten sie einen mit sich, der hatte die Hände hinter dem Rücken zusammengebunden; und ihr war, als sei das derjenige, der vorhin den Zwischenfall mit dem Wasserkessel hatte und davongelaufen war. Ganz sicher war sie nicht, da die Eingeborenen alle so gleich aussehen; doch eine gewisse Ähnlichkeit war vorhanden; und außerdem waren die Eingeborenen eben dann, nachdem er den Wasserkessel umgeworfen hatte und davongelaufen war, in alle Richtungen auseinandergeströmt. Sicher haben sie ihn gesucht; und nun haben sie ihn gefangen.

Vielleicht werden sie ihn nun auch aufessen, zusammen mit ihr.

Die Eingeborenen hatten sie inzwischen bemerkt; einige winkten ihr zu, wie einer alten Bekannten; doch machten sie keinerlei Anstalten, die Jagd nach ihr wieder aufzunehmen. Ihre ganze Aufmerksamkeit galt dem Gefesselten, den sie inzwischen auf einen Felsbrocken an der Feuerstelle gesetzt hatten.

Zwei Eingeborene waren lockeren Schritts den Hang hinunter zum See geeilt und hatten zwei Ledereimer, die sie bei sich trugen, mit Wasser gefüllt. Die Eimer vor sich hin haltend, die Gesichter auf den Gefangenen gerichtet, postierten sie sich hin und standen plötzlich im Mittelpunkt der Aufmerksamkeit.

Unvermittelt gingen sie in die Hocke; ringsum begann man, rhythmisch zu klatschen; und dann tanzten die beiden, in hockender Haltung die Beine weit von sich werfend, den Hang hinauf. Die Königstochter wunderte sich, daß sie dabei nichts verschütteten. Dunkel konnte sie sich erinnern, daß sie ähnliche Tänze seinerzeit im südlichen Moskovien gesehen hatte; allerdings ohne Wasser.

Die zweie hatten derweil die Feuerstelle mit dem Gefangenen erreicht und tanzten nun im Kreis um ihn herum. Drei Umkreisungen zählte die Königstochter; dann verharrten die beiden plötzlich, unbeirrt in der Hocke die Beine um sich werfend, auf der Stelle, die Gesichter auf den Gefangenen gerichtet; und unvermittelt sprangen sie auf und schütteten ihm den Inhalt ihrer Eimer über den Kopf.

Dann warfen sie die Eimer beiseite und trotteten, ohne sich noch um irgendwas zu kümmern, davon.

Die beiden Eingeborenen, die vorhin den Gefesselten geführt hatten, traten nun auf diesen zu, lösten mit ein paar raschen Griffen die Fesseln und warfen sie in die Feuerstelle. Der Befreite stand auf, als ob nichts gewesen wäre, und verschwand alsbald im Gewimmel seiner Stammesgenossen. Die Spannung löste sich, und es begann ein fröhliches Geschnatter.

Die Königstochter vermutete, daß sie nun wohl doch alleine aufgegessen wird. Die Kannibalen schauten zu ihr hoch; einige winkten. Sie lächelte ihnen freundlich zu. Sicher werden nun gleich wieder ein paar Eingeborene in den Baum geschickt, um sie zu fangen.

8. Wie die Kannibalen weiterziehen, ohne die Königstochter gegessen zu haben

Tatsächlich schickte sich schon bald einer von den Kannibalen an, auf den Baum zu klettern. Er war ganz naß; und sie erkannte in ihm den mit Wasser übergossenen Wasserträger. Doch schon nach wenigen Klimmzügen wurde er von dem bunten Eingeborenen in barschem Tone angerufen, und kleinlaut kletterte er wieder nach unten.

Die Eingeborenen lachten.

Der Bunte sagte in lautem Befehlston ein paar unverständliche Sätze - und plötzlich setzte sich die ganze Meute in Bewegung und zog davon in die Richtung, aus der sie gekommen. Einige Eingeborene winkten, bevor sie sich zum Gehen wandten, der Königstochter noch zu; und bald darauf war sie wieder alleine.

Solches Verhalten war ihr äußerst rätselhaft.

Wie hätte sie auch wissen können, daß die Eingeborenen aufgrund irgendwelcher komplizierter Abmachungen mit den Göttern sie nun gar nicht mehr essen durften! Wie hätte sie ahnen können, daß eben jener vorwitzige Wasserträger, der wiederholt zu ihr auf den Baum hatte steigen wollen und den man vor ihren Augen unter solch merkwürdigen Umständen mit Wasser übergossen hatten, sie durch sein Verhalten vor dem Aufgegessenwerden bewahrt hatte:

Nämlich hatte der von ihm umgeworfene Wasserkessel das zu seiner Erhitzung vorgesehene Feuer gelöscht und mußte ausrangiert werden. Was zwar noch nicht von abschließender Bedeutung war, da man hätte Leute ins Dorf schicken können, um einen neuen Kessel zu holen; oder man hätte die Königstochter mit ins Dorf nehmen können, um sie dort aufzuessen. Das heißt, letzteres vielleicht weniger, da der Bunte beschlossen hatte, sie in gemütlicher Männerrunde zu verzehren; doch wie auch immer; irgendein Ausweg hätte sich zweifellos gefunden, wenn der Wasserträger auf seiner panischen Flucht nicht auch noch den Eimer verloren hätte. Nicht etwa, daß die Eingeborenen nicht genug Eimer gehabt hätten; im Gegenteil, dieser Stamm war berühmt für seine Eimermacher und belieferte die ganze Gegend mit diesen edlen Gefäßen; nur konnte es nach Ansicht der Götter nicht angehen, daß ein Eimer, in dem das Naß für die Zubereitung einer Speise befördert wurde, vor deren Garwerden verlorengeht. Passiert ein solches, so legten sie den größten Wert darauf, daß vom Verzehr der betreffenden Speise abgesehen wird; und da die Eingeborenen großen Wert darauf legten, mit den Göttern in gutem Einvernehmen zu leben, enthalten sie sich jeglicher in solchen bedauerlichen Zwischenfall verwickelter Speise.

Wieso die Götter solch merkwürdige Phobien entwickeln, ist natürlich eine andere Frage; doch ist das Seelenleben selbiger tiefenpsychologisch noch zu wenig erforscht, als daß man so ohne weiteres darauf antworten könnte.

9. Wie die Königstochter vom Baume herunterfällt und der Wasserträger noch einmal naß wird

Die Königstochter war nun wieder ganz alleine auf dem hohen Baume und wußte noch immer nicht, wie sie herunterkommen sollte.

20

Die Kannibalen hatten sich unübersehbar verabschiedet und werden wohl nicht mehr zurückkommen; und sicher ist es auch besser, daß sie nicht mehr zurückkommen. Denn die Kannibalen würden sie zwar vom Baume herunterholen; jedoch nur, um sie aufzuessen. Und wie die Königstochter zurückdachte, wie ungeschickt sie sich angestellt hatten, war sie plötzlich nicht einmal mehr sicher, ob sie es tatsächlich schaffen würden, sie herunterzuholen. Vielleicht sind sie nur weitergezogen, weil sie einsehen, daß sie das nicht können? - Doch wie soll sie nun herunter auf die Erde?

Sie wußte es nicht.

Plötzlich huschte, genau an der Stelle, wo die Kannibalen im Urwald verschwunden waren, eine dunkle Gestalt aus den Büschen auf die Lichtung und eilte, sich immer wieder ängstlich umsehend, auf ihren Baum zu. Es war der Wasserträger. Wie er näher kam, winkte er der Königstochter fröhlich zu; und kaum hatte er den Stamm erreicht, wie er sich auch schon zügig an den Lianen in die Höhe hangelte.

Sie zog sich zurück auf den bereits vertrauten Ast, und der Wasserträger folgte ihr. Wie er den Ast betrat, auf dem sie saß, neigte sich dieser, wie gewohnt, bedenklich nach unten. Der Kannibale hielt inne, schaute die Königstochter strahlend an und winkte sie zu sich heran. Die Königstochter aber schüttelte verneinend den Kopf.

Kurz entschlossen betrat er wieder den Ast, der sich unter seinem Gewicht ganz außerordentlich senkte, und kletterte, ohne auf irgendwas zu achten, unbeirrt auf die Königstochter zu. Tiefer und tiefer senkten sie sich nach unten; und dann gab es plötzlich einen lauten Krach, und der Ast mit dem Wasserträger und der Königstochter fiel ins Wasser.

Es spritzte sehr.

Was weiter mit der Königstochter geschieht sehen wir im zehnten und fast letzten Kapitel.

10. *Wie die Königstochter in den Topf kommt*

In der Mitte steht ein großer Wasserkessel; darunter Holzscheite. Rechts davon, an einen Pfahl gefesselt, die Königstochter; nicht in Unterwäsche zwar, wie wir sie verlassen haben, sondern richtig bekleidet; genau wie damals, als sie in der Astgabel saß und noch nicht angefangen hatte, sich auszuziehen. Ihr langes dunkles Haar fällt locker auf ihre schlanken Schultern und die nach hinten gezogenen Oberarme, die sich hinter ihrem Rücken um den Pfahl schlingen; ihre Füße, um die sich Stricke winden, stecken in wohl verarbeiteten hochhackigen Schuhen. Von irgendwoher kommt der uns bereits bekannte Wasserträger, schüttet einen Eimer Wasser in den großen Topf und verschwindet wieder. Kaum ist er weg, erscheint ein zweiter Eingeborener mit einem blauen Ring im linken Ohr, gleichfalls mit einem Wassereimer. Den Eimer leert er in den Topf, stellt ihn achtlos beiseite und verneigt sich. Derweil erscheint wieder der erste, in jeder Hand einen gefüllten Eimer. Mit Schwung schüttet er das Wasser in den Kessel, wirft die Eimer weit von sich und verneigt sich gleichfalls. Leise und zart setzen Bongotrommeln ein. Die beiden haben plötzlich hohe Kochmützen in den Händen, die sie sich mit geschäftiger Miene aufsetzten.

Noch einmal verneigen sie sich.

Der mit dem blauen Ring wirft einen Blick in den Wasserkessel; und nun wenden sie sich der Königstochter zu. Sie postieren sich neben sie, der eine rechts, der andre links, und mit fachmännischem Interesse unterziehen sie sie einer eingehenden Betrachtung. Der mit dem Ohrring tastet ihre Oberarme ab, der Wasserträger zwickt sie in die Hüfte und betastet ihre Oberschenkel. Der mit dem Ohrring gibt durch eine Handbewegung zu verstehen, daß er zufrieden ist; dann kniet er nieder und löst die Stricke, die sich um die Beine der Königstochter schlingen, und der Wasserträger bindet ihre Arme los. Die beiden führen sie vor den Wasserkessel; und, flankiert von den beiden Eingeborenen, beginnt sie, zu den sich verstärkenden Bongotrommeln zu tanzen und sich dabei zu entkleiden.

Schon tanzt sie in paradiesischer Nacktheit; hält inne, wird während des Innehaltens von den beiden gepackt, im Nu an Händen und Füssen gefesselt und mit Schwung in den Wasserkessel gesetzt.

Was weiter geschieht, wissen wir nicht, weil plötzlich der Vorhang fiel.

11. Die letzten Fragen

Wie die Königstochter es schaffte, ohne Sprachkenntnisse den Wasserträger zu diesen Auftritten in dem lutetischen Nachtclub „Equus lascivus[1]„ zu überreden; wie sie, nachdem sie vom Baum gefallen, überhaupt sich nach Lutetia durchschlagen konnten und, vor allem, wann und wie der Eingeborene mit dem blauen Ohrring zu ihnen gestoßen ist - wird wohl für immer ein Rätsel bleiben.

Ob der Wasserkessel identisch ist mit dem, welchen wir vom Wind in den See hinausgetrieben sahen und ob es sich bei dem Kleide um genau das gleiche handelt, welches sie auch damals getragen und ausgezogen und welches mitsamt dem Wasserkessel damals unseren Blicken entschwunden ist, wissen wir nicht; deutlich ist nur, daß eine große Ähnlichkeit besteht. Sollte aber über diese Ähnlichkeit hinaus noch Identität bestehen, so stellt sich noch zusätzlich die Frage, wann und unter welchen Umständen sie beides wiedergefunden und, vor allem, wie sie den schweren Wasserkessel nach Lutetia schaffen konnten. Einzig an der Identität der Königstochter und des Wasserträgers besteht kein Zweifel; und kaum jemand dürfte bezweifeln, daß der Eingeborene mit dem blauen Ohrring identisch ist mit demjenigen, den wir einstens kopfüber über der Königstochter hängen sahen.

Für immer ungelöst aber wird wohl die schwerwiegende Frage bleiben, was das Ganze eigentlich soll.

[1]

Die Angelsachsen würden sagen „Crazy Horse"

Biana und die Räuber
eine Räubergeschichte mit ungewissem Ausgang

Sicher hätte Krückh einen Ausweg gefunden.

Denn Krückh fand immer einen Ausweg.

Wenn er wollte.

Doch diesmal wollte er nicht.

„Was soll ich," dachte Krückh, "einen Ausweg finden? Wenn es ohne Ausweg doch zweifellos viel interessanter ist?"

Die Räuber fesselten Biana und steckten sie in einen Sack.

Als die Räuber sie packten, hatte sie kurz und überrascht "Hey" geschrieen; und während man sie fesselte, rief sie "Was macht ihr denn da!"; und wie sie dann in den Sack gesteckt wurde, wand sie sich etwas und sagte "Ihr seid verrückt".

Hätte sie richtig geschrieen und sich gewehrt, so hätte Krückh sicher etwas getan. Denn er hat ein weiches Herz, und wenn er jemanden leiden sieht, so hilft er. Bloß hatte er nicht den Eindruck, als ob Biana unter dem, was man mit ihr anstellte, besonders litte; denn sicherlich hätte sie sonst lauter geschrieen und sich auch gewehrt, vielleicht gar mit ihren langen Fingernägeln den Leuten die Gesichter zerkratzt.

Krückh erinnerte sich, daß sie vor zehn Jahren leidenschaftlich und gekonnt jeden kratzte, den sie wollte; obwohl sie damals noch keine so langen Fingernägel hatte. Ihn selbst hat sie zwar nie gekratzt; denn er war damals schon sechsundzwanzig und für sie, die erst acht war, ein Erwachsener und somit eine Respektsperson, die man nicht kratzen durfte. Dafür hat sie ihm mehrfach leere Blechdosen ans Auto gehängt, die immer sehr laut schepperten.

Für ihn war sie damals ein ungezogenes Nachbarsgör, welches er von Herzen zum Teufel wünschte.

Doch das war damals...

Als die Räuber sie in den Sack steckten, rutschte ihr Rock hoch; und er sah, daß sie außerordentlich schöne Beine hat. Dies machte auf ihn einen sehr starken Eindruck, der all die Erinnerungen, welche von dem kratzenden und Blechbüchsen ans Auto hängenden Nachbarsgör in irgendwelchen Winkeln seines Gedächtnisses noch übrig waren, weitgehend überdeckte.

Während Biana gefesselt und in den Sack gesteckt wurde, hielt ein sehr kleiner und sehr hagerer Räuber ein großes Messer auf Krückh gerichtet. Richtig komisch sah es aus, wie er so breitbeinig dastand und offenbar der Meinung war, er hielte Krückh mit seinem Messer in Schach. Krückh fand, daß es keinerlei Probleme bereiten würde, dem Räuber das Messer zu entwinden und ihn mitsamt seiner Kollegen zu überwältigen. Denn er war Fachmann für asiatischen Kampfsport; und großes Vergnügen bereitete es ihm, sich vorzustellen, mit was für Griffen man die zahllosen Blößen, welche die ungeübten Räuber sich gaben, nutzen könnte, um die Situation zu seinen Gunsten zu entscheiden.

Nur war er sich nicht sicher, ob ein Nutzen dieser Blößen tatsächlich zu seinen Gunsten wäre und ob er durch ein solches Eingreifen nicht den Gang der Ereignisse von einer vielleicht höchstlich interessanten Richtung ablenken würde. Und viel mehr noch als die Blößen, die der Räuber sich gab, beschäftigten ihn die entblößten Beine seiner Begleiterin.

Da sie selbst, als die Hauptbetroffene, an dem Geschehen offenbar keinen sonderlichen Anstoß nahm, beschloß er, ein Eingreifen so lange als möglich hinauszuschieben oder gar, wenn es sich machen läßt, ganz zu unterlassen. Die Räuber waren so ungeschickt, daß er die Lage voll unter Kontrolle hatte und frei disponieren konnte.

Zwei Räuber, die sehr klein und sehr dick waren und aussahen wie Zwillinge, hielten den Sackrand oben zusammen, während ein dritter, der sehr lang war und sehr dünn, ihn mit einer riesigen Schnur zuband. Kaum war er damit fertig, wie aus dem Sacke Bianas kecke Stimme ertönte:

"Und wieso habt ihr mich nicht geknebelt?"

Wieder mußte Krückh an das sommersprossige Gör denken, das Blechbüchsen an Autos hängte und sonstigen Schabernack trieb; die Beine hatten sie offenbar nicht ganz verdrängt. Doch nun war sie ihm plötzlich sympathisch.

Die Räuber antworteten nicht und machten nachdenkliche Gesichter.

"Warum willst du, daß man dich knebelt?" fragte Krückh, da die Räuber schwiegen.

"Damit ich nicht schreie," antwortete Biana

"Dann schrei einfach nicht, wenn du nicht willst, daß du schreist," riet Krückh.

"Blödmann!" tönte es aus dem Sack "Du bist noch immer der gleiche Esel wie damals, als ich dir Blechbüchsen ans Auto hängte..."

"Was hat die Frage, ob man dich knebeln soll, mit Blechbüchsen zu tun?" wunderte sich Krückh.

"Weiß ich auch nicht..." antwortete Biana. "Aber blöd bist du trotzdem. Ist doch Leichtsinn, jemanden ungeknebelt in einem Sack davonzutragen. Stell dir vor, die gehen mit dem Sack durch die Fußgängerzone, und ich fang plötzlich an zu schreien..."

"Das könnte peinlich werden," pflichtete Krückh bei.

"Eben..." sagte Biana.

Der Räuber mit dem Messer wandte sich zu seinen Kameraden. "Ihr müßt sie knebeln," sagte er. "Sonst kann's Ärger geben."

Krückh hätte den unaufmerksamen Räuber nun auch ohne asiatischen Kampfsport unschädlich machen können. Doch er blieb ungerührt stehen und sagte nur "Vergiß nicht, mich in Schach zu halten!"

Der Räuber wandte sich wieder seiner Aufgabe zu und umklammerte mit beiden Händen sein Messer.

"Macht den Sack auf und knebelt sie!" befahl er grimmig.

"Wo ich doch so schöne Knoten gemacht habe!" protestierte der Räuber mit der Schnur.

"Wir müssen den Sack wieder aufmachen!" beharrte der kurze Dicke. "Oder willst du, daß sie unterwegs schreit?"

"Nein," antwortete der mit der Schnur. "Das will ich bei Gott nicht. Aber ich habe so schöne und so feste Knoten gemacht, daß ich sie nun nicht mehr aufkriege."

"Schneidet sie doch einfach durch," riet Krückh.

"Misch du dich nicht ein," fuhr der mit dem Messer ihn an.

"In dem Sack steckt immerhin meine Begleiterin," verteidigte sich Krückh.

„Na und?"

"Wollt ihr mich nun knebeln oder nicht?" tönte es aus dem Sack

"Sie kriegen den Sack nicht auf," sagte Krückh.

"Sie sollen die Schnur durchschneiden und anschließend eine neue nehmen!" riet Biana.

"Wir haben keine Schnur mehr," sagte zerknirscht der Räuber, der den Sack zugebunden hatte.

"Nehmt einfach die Stricke, mit denen ihr mich gefesselt habt..."

"Wenn wir dich nicht fesseln, nimmst du den Knebel wieder ab. Oder noch schlimmer..." winkte der kurze Dicke ab.

"Wenn ich meine Strümpfe ausziehe, könnt ihr mich mit meinen Strümpfen fesseln," sagte Biana. "Strümpfe sind zum Fesseln geeignet. Und auch zum Knebeln."

"Du kennst dich ja gut aus..." wunderte sich Krückh.

"Misch du dich nicht ein!" tönte es aus dem Sack.

"Wir machen den Sack wieder auf!," sagte entschlossen der Räuber an der Schnur. "Hat jemand ein Messer dabei?"

Die Räuber suchten in ihren Taschen und schüttelten nacheinander die Köpfe. "Meines kann ich nicht entbehren," sagte der Räuber, welcher glaubte, er hielte Krückh in Schach.

"Nehmt einfach meins," sagte Krückh, griff flugs in die Tasche und warf dem Räuber, der den Sack zugebunden hatte, sein schweizerisches Qualitätstaschenmesser zu.

"Danke!" antwortete der Räuber. Ein rascher Schnitt, und Biana war wieder im Freien. Die Räuber lösten ihre Fesseln; sie rieb sich kurz die Handgelenke, zog dann ungeniert den Rock hoch, löste die Strapse und zog, kokett und sehr gekonnt, ihre Strümpfe aus. Dann ließ sie sich willig wieder fesseln. Die Füße wurden mit einem Strick zusammengebunden, die Hände mit einem Strumpf;

und mit dem zweiten Strumpf wurde sie geknebelt. Krückh sah, daß die Räuber auch vom Knebeln keine Ahnung haben und daß der umgebundene Strumpf keineswegs geeignet war, Biana am Schreien zu hindern. Doch da sie selbst keine Einwände hatte, mischte er sich nicht ein.

Sie steckten sie dann wieder in den Sack; und der Räuber, der so schöne Knoten machen konnte, band ihn zu.

"Was ist nun mit ihm?" fragte der Hagere mit dem Messer und deutete auf Krückh.

"Wenn ihr wollt, trag ich den Sack," schlug Krückh vor. "Mir scheint, als sei ich kräftiger als ihr."

Die Räuber hatten nichts dagegen einzuwenden. Krückh warf den Sack mit Biana auf seine Schultern; und alsbald schon sehen wir ihn mitsamt den Räubern unseren Blicken entschwinden.

Was dann weiter geschah und was das alles überhaupt zu bedeuten hat, wissen wir nicht.

Schon merkwürdig, das Ganze...

Von Drachen, Stripperinnen und Schornsteinfegern

Wenn früher jemand von einem Drachen geraubt wurde, so war das meistens eine Prinzessin, die dann anschließend, wenn weiter nichts dazwischen kam, von einem Ritter befreit wurde. Dieser Ritter durfte sie dann heiraten und erhielt als Mitgift ein halbes, oder, je nachdem, auch ein ganzes Königreich.

Heute gibt es Prinzessinnen nur noch in der Regenbogenpresse; und die sind meistens so aufgedonnert und unattraktiv, daß es keinem vernünftigen Drachen einfallen würde, eine solche zu rauben. Und selbst wenn mal eine geraubt würde, so dürfte sich kaum ein Ritter finden, der bereit wäre, ihretwegen irgendwelche Unannehmlichkeiten oder Fährnisse auf sich zu nehmen; und zwar nicht nur deswegen, weil die heutigen Prinzessinnen so blasiert sind und unattraktiv, sondern auch noch aus dem Grunde, weil sich durch Befreiung einer solchen kaum noch ein Königreich oder auch nur ein Teil davon einhandeln ließe und weil zu alledem auch die Ritter immer seltener werden.

Ayolla, die vorletzte Woche von einem Drachen geraubt wurde, ist Studentin der Medizin und huldigt des Abends, zur Entspannung wieauch zur Aufstockung ihres Budgets, in der Violetten Auster, einem wohl beleumundeten und von allen gern besuchten Nachtclub, der Kunst der Entkleidung. Sie ist, je nach Sichtweise, eine Medizin studierende Stripperin, oder aber eine strippende Medizinstudentin. Prinzessin ist sie nicht.

Der Drache erschien zu dem Moment, als Ayolla dabei war, ihre Ohrringe abzulegen. Beim Ablegen der Ohrringe war sie, wie immer, pedantisch konzentriert und sehr sachlich; wie immer schimmerte durch ihren konzentrierten Pedantismus zum Ausbruch drängendes formensprengendes Leben, und unter ihrer Sachlichkeit spürte man den Puls vor nichts halt machenden Leichtsinns.

Eben während dieser prosaischen Tätigkeit streckte der Drache eines seiner sieben auf langen Hälsen sitzenden Häupter durch die Tür. Niemand wußte zu diesem Zeitpunkt, daß draußen noch weitere sechs Häupter warteten, geschweige denn daß man gewußt hätte, daß die übrigen sechs Häupter nur Staffage sind; und das Auftauchen dieses einen Hauptes hielt man für einen gelungenen Gag. Ayolla blickte kurz hoch, wirkte leicht erstaunt, aber weiter nicht beunruhigt, und fuhr ungerührt fort, sich von ihren Ohrgehängen zu befreien.

Und wie dann beide Ohrringe als seiner Funktion beraubtes Inventar von ihrer einstigen Trägerin getrennt auf dem in der Bühnenmitte stehenden Tischchen lagen – da verharrte Ayolla, als sei ihr plötzlich etwas eingefallen; und dann straffte sich ihre Gestalt; ihr von dunklem Stoff straff umspannter Körper verfiel in lustvolles Schlängeln, und in exstatischem Reigen strichen ihre nervigen Hände über die schwingenden Formen; wie nebenbei wurde hier ein Knopf geöffnet, dort eine Schnalle; Stoff wurde beiseitegeschoben, Haut glänzte auf.

Und dann ging plötzlich das Licht aus. In der Finsternis hörte man irgendwelches Rascheln und Schnaufen und Schnauben; dann einen spitzen lustvollen Schrei.

Und Stille.

Das Publikum ging von einem ganz besonders gelungenen Gag aus und klatschte eifrig Beifall. Während des Applauses ging das Licht wieder an; und da die Bühne leer war, verstärkte man das Klatschen, um solcherart Ayolla wieder hervorzulocken. Man klatschte und klatschte; doch niemand kam. Schließlich befand man, daß das nun doch ein recht alberner Gag ist, und hörte auf.

Statt Ayolla betrat dann Herr Brommsen, der Geschäftsführer der Violetten Auster, die Bühne. Er wirkte leicht verwirrt und sagte, es sei etwas Unvorhergesehenes und unverständliches passiert und der Auftritt von Fräulein Ayolla könne leider infolge spurlosen Verschwindens selbiger keine Fortsetzung finden.

Wie sich später herausstellte, hing Ayollas Verschwinden damit zusammen, daß jener bereits erwähnte siebenköpfige Drache sie geraubt und ins Gebirge verschleppt hatte. Ihren lustvollen Schrei nach Verlöschen des Lichts kam für die einen daher, daß der Drache, als er sie packte, irgendwelche erogene Zonen berührte, während andere ihn, ganz allgemein, mit masochistischen Anlagen in Verbindung brachten. Doch unabhängig von dem, wer Recht hat – unbestreitbare Tatsache bleibt, daß Ayolla während ihres Auftritts von einem Drachen gepackt wurde, daß sie dabei lustvoll aufschrie in der Folge ins Gebirge verschleppt wurde.

Ansonsten hatte der Drache, während er das eine Haupt zur Tür hineinstreckte, mit seinem massigen Körper und den draußen verbleibenden sechs übrigen Häuptern den Verkehr blockiert und dadurch zwei Auffahrunfälle mit beträchtlichem Materialschaden verursacht, bei denen aber zum Glück niemand verletzt wurde.

Im Weiteren, nach dem endgültigen Verschwinden sämtlicher Hauptteilnehmer der hier beschriebenen Vorgänge, erfuhr man, daß es sich um ein etwa 3000 Jahre altes Untier handelte, welches früher in den verschiedensten Königs-und Kaiserreichen, aber auch Herzogtümern und Grafschaften dieser unserer Erde Prinzessinnen raubte und dabei ganz schön herumkam. Die letzten dreihundert Jahre schlief er; und wie er sich dann die Situation, die sich auf Erden nach seinem Erwachen ihm darbot, vergegenwärtigt und mit anderen Drachen durchgesprochen hatte, wurde beschlossen, künftig keine Prinzessinnen mehr zu rauben, sondern nur noch Stripteasetänzerinnen.

Doch wollen wir nicht vorgreifen.

* * *

Ayolla blieb verschwunden; das einzige, was von ihr zurückblieb, waren ihre auf dem Tischchen abgelegte Ohrringe sowie ein Knopf von ihrem knöchellangen Kleid, der bei jenem Vorfall vermutlich abgesprungen war.

Die staatlichen Ordnungskräfte, die im Falle des gewaltsamen Verschlepptwerdens jedwelcher Personen normalerweise sofort aktiv werden, sahen sich überfordert; und da das Verschlepptwerden durch Drachen in den Dienstvorschriften an keiner Stelle Berücksichtigung findet, erklärten sie sich für nicht zuständig.

Aktiv wurde dafür Ernst Tirckl-Wolff.

Ernst Tirckl-Wolff, den manche seiner Freunde aus ungeklärten Gründen Tigerwolf nennen, setzte sich in seinen vor fünfzehn oder mehr Jahren irgendwo im fernen Ausland hergestellten Personenkraftwagen und brach damit auf Richtung Gebirge; und obwohl jener Personenkraftwagen aufgrund seines Alters sowie verschiedener sonstiger Faktoren nur noch bedingt fahrtüchtig war, brachte er ihn sicher ans Ziel.

Wäre Ernst Tirckl-Wolff, den seine Freunde Tigerwolf nennen, von Beruf nicht Schornsteinfeger gewesen, sondern, sagen wir, Bankdirektor oder sonst was in der Richtung, und hätte er nicht von seinem bescheidenen Schornsteinfegergehalt die Alimente für fünfzehn uneheliche Nachkommen abzuzweigen, so hätte er sicher jeden Abend die Violette Auster besucht und hätte sich dabei unbedingt jedes mal einen Tisch vorn an der Bühne reservieren lassen. Und all dies nur wegen Ayolla.

Doch Ernst Tirckl-Wolff war nicht Bankdirektor oder sonstwas in der Richtung, und nach Abzug der Alimente blieb von seinem Monatsgehalt zu wenig übrig, als daß er jeden Abend die Violette Auster besuchen und sich einen Tisch vorn an der Bühne hätte reservieren können. Denn die Violette Auster ist ein sehr teures Lokal.

Tirckl-Wolff besuchte fleißig Fortbildungskurse und hoffte, irgendwann in einen neuen Beruf mit besserem Verdienst überwechseln zu können; und außerdem trug er inzwischen, wohin er auch ging, immer einen Vorrat an Kondomen mit sich. Doch die beruflichen Folgen solcher Fortbildungskurse können lange auf sich warten lassen, und die fünfzehn unehelichen Nachkommen sind trotz aller im Nachhinein verwendeten Kondome, bereits gezeugt und lassen sich nicht mehr aus der Welt schaffen.

Deshalb konnte er Ayolla, bevor sie von dem Drachen geraubt wurde, nur einmal die Woche sehen; und auch dies nur dank äußerst restriktiver Gestaltung seiner Speisekarte. Der Tag, an dem er Ayolla sah, war von jeher der Donnerstag.

Ayolla kannte ihn bereits; und während ihres Tanzes hatten sie dauernd Blickkontakt, der nur unterbrochen wurde, während sie ihre Ohrringe abnahm und die paar kurzen Momente, da sie dem Publikum den Rücken zukehrte. Nicht zu übersehen war, daß sie donnerstags hingegebener und lasziver tanzte als an anderen Tagen und daß donnerstags durchgehend ihre Brustwarzen erregt waren. Nun; ihre Brustwarzen waren auch an anderen Tagen manchmal erregt; sichtlich putschte das Feuer der Blicke sie auf; doch donnerstags war sie ganz besonders in Form.

Geraubt wurde Ayolla an einem Freitag.

Ohne hiervon etwas zu ahnen verbrachte Ernst Tirckl-Wolff das darauffolgende Wochenende mit seinem jüngsten unehelichen Sohn und dessen Mutter. Der Sohn, Max mit Namen, lag die meiste Zeit in der Wiege, wo er abwechselnd mal schlief, mal schrie, und seine Mutter hatte langes blondes Haar sowie eine Schwäche für irgendeinen französischen Likör. Tirckl-Wolff hatte sich mit einem großen Vorrat an Kondomen eingedeckt, die, als er am Sonntag abend in seine Junggesellenbude aufbrach, restlos alle aufgebraucht waren.

Und am Montag las er in der Zeitung, daß irgendein Drache Ayolla ins Gebirge verschleppt hatte.

* * *

Er setzte sich dann in seiner Schornsteinfegerkluft, ohne den anstehenden Schornstein gefegt zu haben, in seinen über fünfzehn Jahre alten Personenkraftwagen und fuhr stracks ins Gebirge.

Er meinte, daß es verhältnismäßig einfach sein dürfte, den Drachen zu finden, da dieser, den Augenzeugenberichten nach zu urteilen, recht groß sein muß. Eben wegen seiner Größe wird es dafür andererseits nicht ganz so einfach sein, ihm Ayolla zu entreißen; doch irgendwas wird sich sicher finden lassen.

Doch wie sehr er auch suchte – der Drache war nicht zu sehen. Stunde um Stunde durchkämmte er dieses unsinnige Gebirge, bis er spät abends, völlig erschöpft, in eine Höhle kroch, um zu schlafen. Er hatte Hunger; alle Zigaretten waren aufgeraucht; nur noch zwanzig Kondome hatte er in der Tasche; doch die waren hier zu nichts nütze. Im nächtlichen Dunkel sich die vielen Kilometer zu seinem irgendwo abgestellten Personenkraftwagen zurückzutasten, um in die Stadt zu fahren und sich mit Zigaretten und Essensvorräten einzudecken, schien ihm nicht angebracht; leicht kann man sich in der Finsternis verirren oder irgendwo in einen Abgrund stürzen. Er bereitete sich in der Höhle ein Lager aus Tannenzweigen und legte sich hin. Es war eine helle Vollmondnacht; der Platz vor dem Eingang war in gleißendes Licht getaucht. Er schloß die Augen.

Plötzlich spürte er einen heißen Hauch, und eine laute, aber tonlose Stimme fragte:

„Du hast mich gesucht?"

Er öffnete die Augen. In der Höhle war es plötzlich dunkel. Er knipste seine Taschenlampe an und erblickte ein den Höhleneingang versperrendes riesiges Drachenhaupt.

„Du hast mich gesucht?" fragte der Drache ein zweites Mal.

„Ja," antwortete Ernst Tirckl-Wolff. „Ich habe dich gesucht."

„Ich vermutete sofort, daß du mich suchst," sagte der Drache. „Willst du nicht herauskommen? Es ist so unbequem, sich zu unterhalten, wenn du in der Höhle liegst."

„Gut," sagte Tirckl-Wolff und stand auf. Der Drache zog seinen Kopf aus dem Höhleneingang; und kurz darauf standen die beiden, der riesige Drache mit den sieben Köpfen und der kleine Tirckl-Wolff mit zwanzig Kondomen in der Tasche, sich im gleißenden Mondenlichte gegenüber. Oder, anders ausgedrückt, Tirckl-Wolff stand unter einem Spalier von sieben Drachenköpfen, die ihn alle erwartungsvoll anschauten. Und vor sich hatte er die riesige Masse des Drachenkörpers.

Der größte von den Köpfen, offenbar derjenige, mit dem er in der Höhle gesprochen hatte, sagte mit einer Stimme, die schon nicht mehr tonlos klang, sondern wie rollender Donner:

„Du suchtest mich. Und nun hast du mich gefunden..."

„Genau genommen, hast du mich gefunden," antwortete Tirckl-Wolff ungerührt. „Wieso meinst du, daß ich dich suchte?"

„Weil ich dich die ganze Zeit schon beobachte. Du wirkst wie einer, der jemanden sucht. Und wen solltest du hier in dieser Einöde suchen, wenn nicht mich?" Das Drachenhaupt stieß einen kurzen Feuerschwall aus der Nase und fuhr fort. „Ich bin es gewohnt, daß man mich sucht. Früher, als ich noch Prinzessinnen raubte, jagten mir dauernd irgendwelche Ritter hinterher. Heute raube ich Stripperinnen. Ich hab mich noch nicht lange umgestellt und weiß noch nicht, was das für Leute sind, die mir nun hinterherrennen werden. Wie ein Ritter wirkst du nicht..."

„Ich bin Schornsteinfeger," antwortete Ernst Tirckl-Wolff würdevoll.

„Ein Schornsteinfeger?" fragte der Drache interessiert. „Was ist das?"

„Ein Schornsteinfeger heißt Schornsteinfeger, weil er Schornsteine fegt," sagte Tirckl-Wolff. „Deine sieben Köpfe machen mich übrigens nervös; man weiß nie, an welchen man sich wenden soll, wenn man mit dir spricht."

„Laß dich durch die vielen Köpfe nicht beirren..." Der Drache zog all seine Hälse mit den draufsitzenden Köpfen, außer dem mittleren, nach rückwärts und schmiegte sie an seinen massigen Rücken. „In Wirklichkeit hab ich, gleich dir, nur einen einzigen Kopf; die übrigen Hälse sind am falschen Ende herausgewachsene Schwänze, deren Enden wie Köpfe aussehen. Eine Laune der Natur... Und was sind Schornsteine?"

„Schornsteine sind diese Dinger auf den Dächern, aus denen Rauch herauskommt. Durch den Rauch werden sie mit der Zeit von innen her schmutzig und müssen dann gefegt werden."

„Und was haben diese Schornsteine und diejenigen, die sie fegen, mit Stripperinnen zu tun?" fragte der Drache. „Die Stripperin von letztem Freitag ist überhaupt meine erste; ich hatte noch keine Zeit, mich mit dem Umfeld und den Gebräuchen ihres Milieus vertraut zu machen und hab keine Ahnung, was nun auf mich zu kommt. Früher raubte ich immer nur Prinzessinnen. Und die letzten dreihundert Jahre schlief ich und raubte niemanden. Mußte mal ausschlafen...."

„Auch ich hab manchmal das Bedürfnis, auszuschlafen," antwortete Tirckl-Wolff. „Allerdings schlaf ich nicht ganz so lang. Was deine Frage betrifft, so sei gesagt, daß die Schornsteine und die Schornsteinfeger in keinerlei besonderen Beziehung stehen zu den Stripperinnen. Die Schornsteine rauchen, die Schornsteinfeger fegen sie, die Stripperinnen ziehen sich aus. Als Privatperson kann ein Schornsteinfeger, wie jeder andere auch, sich am Tanze einer Stripperin erfreuen; doch als Schornsteinfeger hat er nur mit Schornsteinen zu tun.

„Es ist also nicht so, daß Schornsteinfeger gewissermaßen die Leibgarde sind für die Stripperinnen? So wie früher die Ritter für die Prinzessinnen?"

„Keineswegs," antwortete Tirckl-Wolff. „Was mich betrifft, so bin ich nicht als Schornsteinfeger hier, sondern als Privatmann. Als Privatmann aber hab ich eine Schwäche für Frauen; und ganz besonders die letzten Freitag von dir geraubte Ayolla hat es mir angetan. Ihretwegen kam ich."

„Daß du ihretwegen herkamst, ist mir klar," sagte der Drache. „Doch gibt es nun irgendwelche spezielle Schutztruppe für Stripperinnen? So wie früher für die Prinzessinnen diese ganzen Ritter und Prinzen?"

„Eine solche Schutztruppe existiert nicht," antwortete Tirckl-Wolff. „In der Hinsicht wirst du keine Probleme haben. Doch wieso, wenn ich fragen darf, hast du dich von Prinzessinnen auf Stripperinnen umgestellt?"

„Weil die Prinzessinnen im Laufe der letzten paar hundert Jahre zu sehr heruntergekommen sind. Nicht mehr die gleiche Qualität wie früher, verstehst du... Die beste Qualität findet man heute bei den Stripperinnen. Ich hab mich mit meinen Kollegen beraten; und wir kamen überein, künftig nur noch Stripperinnen zu rauben."

„Und wenn eine Prinzessin Striptease tanzt? Salome zum Beispiel war ja auch Prinzessin und Stripperin in einem?"

„Salome..." Der Drache dachte nach. „Ja, ich kann mich an sie erinnern. In meiner Jugend war das... Rassiges Mädel... Damals stellten die Prinzessinnen noch etwas dar. Heute sind sie im All-

gemeinen degeneriert; doch wenn eine heutige Prinzessin Striptease tanzt, so bedeutet das, daß sie die früher diesem Stande
eigene Qualität bewahrt hat. In solchem Falle betrachten wir sie
nicht als Prinzessin, sondern als Stripperin; und nichts steht dem
im Wege, daß wir sie rauben."

„Und deine Kollegen sind alle auf Stripperinnen umgestiegen?"
fragte Ernst. Von Anfang an, noch vor ihrer Begegnung, hatte er
den Drachen mehr als Kumpanen denn als Gegner empfunden; und
nun, da sie sich gegenüberstanden, war auch der letzte Rest an
Unsicherheit gewichen. Daß er Ayolla geraubt hat, spricht für seinen Geschmack; wo soll man so jemanden als Gegner betrachten!

„Wir sind eine eingeschworene Gemeinschaft," antwortete der
Drache. „Nachdem wir in einer Reihe Beratungstreffen die Lage
sondiert hatten, hielten wir vor nicht ganz einem Monat eine Vollversammlung ab; und auf dieser Vollversammlung wurde rechtskräf-
tig beschlossen, daß Drachen mit sofortiger Wirkung keine Prinzessinnen mehr zu rauben haben, sondern nur noch Stripperinnen.
Wer sich nicht daran hält, muß mit Sanktionen rechnen..."

„Warum soll man sich nicht daran halten," murmelte Ernst.
„Stripperinnen sind nun mal besser als Prinzessinnen. Wenn ich
Drache wär, würde ich mich eisern daran halten; ganz ohne Sank-
tionen..."

„Eben...", sagte der Drache.

„Und gibt es viele von eurer Sorte?"

„Unsere Gemeinschaft zählt ganze 342 Mitglieder..."

„342? Das ist doch die Zahl, die im Siebenersystem als 666
erscheint?"

„Mag sein," antwortete der Drache ausweichend. Rechnen war
offenbar nicht seine Stärke.

„Und wo leben die alle? Hier im Umkreis?"

„Kreuz und quer über die ganze Welt verteilt... Manche ziehen
das Gebirge vor; andere fühlen sich wohler in den Wäldern. Hier
im Umkreis wäre es etwas eng..."

„Und wie besucht ihr euch gegenseitig, wenn ihr so weit auseinander lebt?"

„Wie wir uns gegenseitig besuchen? Nun, wir fliegen halt…"

„Ihr fliegt?" wunderte sich Ernst. „Wie geht denn das?"

„Wir erheben uns in die Luft und fliegen los. Geht ganz einfach."

„Aber du hast doch keine Flügel?"

„Wieso Flügel? Fliegen kann man auch ohne Flügel; es gibt da die verschiedensten Techniken. Einige meiner Kollegen haben zwar Flügel; doch das sind die langsamsten, und sie sind immer ganz erschöpft, wenn sie irgendwo ankommen. Ohne Flügel fliegt es sich leichter."

„Und wozu braucht ihr eigentlich die Stripperinnen?" fragte Ernst. „Man möchte doch meinen daß ihr, was die fleischlichen Gelüste betrifft, etwas anders gelagert seid, als ich zum Beispiel? Oder eßt ihr sie einfach auf?" Der Gedanke, jemand könnte Ayolla aufessen, war Ernst unerträglich; doch der Drache war ihm so sympathisch, daß er ihm sogar das verziehen hätte.

„Zum Aufessen sind zu schade," antwortete der Drache. Ernst fühlte sich beruhigt. Doch besser, wenn er sie nicht aufißt… „Zwar gibt es unter uns tatsächlich einige wenige, die sie aufessen," fuhr der Drache fort. „Doch das sind Ausnahmen, die im allgemeinen nicht ernst genommen und sogar als pervers betrachtet werden. – Wozu wir sonst die Stripperinnen brauchen? Natürlich hat unsere Tätigkeit viel mit Tradition zu tun. In der Tradition liegt es begründet, daß Drachen irgendwen zu rauben haben. Früher waren das Prinzessinnen, und nunmehr, nach jüngstem Beschluß, Stripperinnen. Doch die Tradition ist nur die eine Seite. Die andere Seite hat damit zu tun, daß die meisten Drachen sich dem Gegenstand ihres Raubens keineswegs gleichgültig gegenüber verhalten. Ginge es nur um die Tradition, so würden wir weiterhin Prinzessinnen rauben, ganz egal, wie sie aussehen und wie degeneriert sie sind; und fertig. Doch die meisten Drachen sind den Reizen der Menschenfrauen nicht minder verfallen als, zum Beispiel, du; auch wenn wir aus einer Reihe von Gründen nicht in der Lage sind, die Genüsse, die sie zu bieten haben, bis zur äußersten Konsequenz auszukosten. Eben diese Hinneigung zu den Menschenfrauen und die daraus resultierenden Ansprüche und Bedürfnisse machten es nötig, daß wir eine Vollversammlung einberiefen, um einen neuen, unserem Geschmack besser gerecht werdenden Gegenstand unseres Raubens festzusetzen."

Der Drache stieß eine kurze Feuerwolke nach einer seinen Kopf umflatternden Fledermaus und fuhr fort:

„Auf unserer Vollversammlung gab es nur drei, die sich den Menschenfrauen gegenüber gleichgültig verhalten. Zwei von ihnen wollten, mangels eigener Bedürfnisse, stur an den Traditionen festhalten und weiter Prinzessinnen rauben; doch sie wurden naturgemäß überstimmt. Und einer wollte gar, daß wir fortan Jünglinge rauben. Der wurde ausgebuht; und in einer Sondersitzung wurde beschlossen, das Jünglingerauben prinzipiell bei Todesstrafe zu verbieten."

„Und ihr würdet die Todesstrafe tatsächlich vollstrecken?"

„Natürlich würden wir sie vollstrecken, wenn er es darauf ankommen läßt. Aber der Betreffende ist ein Feigling und wird es nicht darauf ankommen lassen. Der schlängelt jetzt im Kongo in seinem Urwald herum und spielt aus Langeweile ab und zu Katz und Maus mit Pygmäenfrauen..."

„Gibt's bei den Pygmäen auch Stripperinnen?" wunderte sich Ernst. „Die sind doch eh schon nackt?"

„Er sagt, es gebe welche," antwortete der Drache. „Nun; mag er leben, wie er will; solang er nicht übertreibt, lassen wir ihn in Ruhe."

„Und was ist nun mit Ayolla?"

„Ayolla? Die hab ich nicht weit von hier in eine Höhle gesperrt. Willst du sie sehen?"

„Bin nicht abgeneigt. Wenn du keine Einwände hast..."

„Keine Einwände. Gehen wir los?"

„Ich bin bereit."

„Steig am besten auf meinen Rücken; zu Fuß ist es für dich etwas weit."

Über einen der vorne herausgewachsenen Schwänze, die der Drache ihm hilfreich entgegenneigte, kraxelte Ernst dem Untier auf den Rücken, und kurze Zeit später standen sie auf einem von Wald umrahmten Felsplateau. Zur Rechten erhob sich schroff eine Felsenwand, an der ein riesiger Felsbrocken lehnte.

„Übrigens, bevor ich dich zu ihr lasse, wollte ich mich noch mit ihr vergnügen," flüsterte der Drache. „Kriech in die Büsche da vorn, damit sie dich nicht sieht. Brauchst übrigens keine Angst zu haben, daß ihr was passiert; ich lasse sie heil und unversehrt."

Ernst rutschte vom Drachenrücken hinunter auf die Erde und kroch in die Büsche.

Mit seinem rechten Vorderfuß kippte der Drache den an der Felsenwand lehnenden Felsbrocken beiseite und legte eine schmale, gut mannshohe Spalte frei.

„Komm heraus!" rief er.

„Ich komm gleich," tönte von drinnen munter eine melodiöse Frauenstimme.

„Nicht gleich, sondern sofort," donnerte der Drache. „Ich habe Hunger!"

Und er legte seinen Rachen an die Öffnung und schickte einen kurzen Flammenstoß hinein. Drinnen ertönte ein Schrei.

„Er versengt sie" dachte Ernst wütend. „Muß doch nicht sein!"

Der Drache zog sein Haupt zurück, und kurz darauf trat aus der Öffnung Ayolla. Sie trug jenes bereits vertraute hautenge knöchellange Kleid, welches sie abends in der Violetten Auster auszuziehen pflegte, und hochhackige Schuhe. Die Ohrringe fehlten; denn die Ohrringe hatte sie, als sie verschleppt wurde, in der Violetten Auster zurückgelassen.

„Du willst mich schon wieder aufessen?" fragte sie.

„Ja," antwortete der Drache. „Ich habe Hunger."

„Bereits drei Mal tatest du, als wollest du mich aufessen. Warum quälst du mich?"

„Du bist in meiner Gewalt, und ich kann selbst bestimmen, wann ich dich aufesse, und wann nicht," sagte der Drache streng. „Hätte ich dich heute Mittag tatsächlich gefressen, so wärest du jetzt weg, und ich müßte hungern. Denn ich bin vor kurzem erst hierhergezogen und konnte noch keine Vorräte anlegen."

„Selber schuld, wenn du zu faul bist, Vorräte anzulegen," maulte Ayolla.

„Nachher geh ich in die Stadt und hol Nachschub; und deshalb kann ich dich jetzt ohne Probleme fressen. Zieh dich aus!"

„Ich mag nicht, wenn man mich frißt!" protestierte Ayolla.

„Das ist dein Problem. Ausziehen!"

„Willst du nicht lieber einen Hirschen fangen? Da ist mehr dran!"

„Ich entscheide selbst, wen ich esse. Wenn du dich nicht sofort ausziehst, freß ich dich bekleidet."

„Bekleidet schmeck ich nicht."

„Ich weiß. Aber ich hab Hunger."

Ayolla schien kurz zu überlegen. „Wenn ich schon gefressen werde, will ich wenigstens schmecken," sagte sie schließlich und begann ohne Umschweife, sich auszuziehen. Das Kleid warf sie auf den Felsbrocken, der als Tür diente; und auch den Unterrock legte sie dorthin ab. Dann folgten die Strümpfe, und nach und nach alles, was sie am Leibe trug. Im gleißenden Mondlicht sah Ernst, daß ihre Brustwarzen erregt waren. „Ob das Aufgegessenwerden ihr Lust bereitet?" wunderte er sich. „Was er wohl mit ihr vor hat? Immerhin hat er versprochen, sie heil zu lassen."

Die Antwort ließ nicht auf sich warten. Kaum war die letzte Hülle gefallen, da neigte der Drache das Haupt und öffnete das Maul; seine Zunge umfaßte ihre Taille; und mit einem schrillen Aufschrei verschwand Ayolla in dem zähnestarrenden Rachen.

„Der frißt sie tatsächlich!" rief Ernst erschrocken. „Bist du verrückt? Hörst du? Hör auf!" Er kroch aus den Büschen hervor und trommelte mit den Fäusten gegen das säulenartige rechte Vorderbein des Drachen. Doch der Drache blieb ungerührt. Hoch erhobenen Hauptes bewegte er seine Kiefer, aus denen Ayollas Beine ragten. Ayolla schrie und stöhnte und keuchte. Die Beine verschwanden, die Kiefer klappten zu; dann gingen sie, unbeirrt mahlend, wieder auseinander; ein Arm erschien, verschwand wieder; der Drache warf den Kopf hoch; bis zu den Knien wurden

Ayollas Beine sichtbar; sie keuchte und stöhnte, immer lauter, immer orgiastischer; und Ernst verstand, daß sie kurz vor dem Orgasmus steht.

Und dann kam der Orgasmus.

Auch der Drache begann zu keuchen.

Und dann hörte plötzlich die Mahlbewegung der Kiefer auf; das Stöhnen verstummte und auch das Keuchen. Der Drache verharrte einen Augenblick mit hoch erhobenem Haupte und leicht geöffnetem Mund, aus dem Ayollas Beine ragten. Dann senkte er langsam den Kopf, bis Ayollas Beine den Boden berührten, und ließ sie frei.

Ayolla lehnte sich mit dem Rücken gegen den Felsbrocken, auf dem noch immer ihre Kleidung lag, und schüttelte wie betäubt den Kopf. Ihr Körper glänzte von dem Speichel des Drachen.

„Du hast mich schon wieder nicht gefressen," murmelte sie. „Bin doch kein Kaugummi."

„Fressen kann ich dich immer noch," antwortete der Drache. „Vielleicht später mal..."

„Ich denk, du hast Hunger?"

„Den Hunger zu stillen geh ich jetzt in den Wald und fang mir einen Hirschen; da ist mehr dran. Und dann geh in die Stadt und hol mir noch eine Stripperin."

„Zum Aufessen oder zum Lutschen?"

„Wenn ich genug zusammen habe, kann ich auch mal eine aufessen... Dies ist übrigens mein Freund Tirckl-Wolff. Darf ich vorstellen?" Ernst Tirckl-Wolff trat aus dem Schatten der Felsenwand hinaus in das gleißende Mondlicht. „Er ist ein Schornsteinfeger, und er hat dich gesucht. Was ein Schornsteinfeger ist, hab ich zwar nicht verstanden; aber Hauptsache, er ist kein Ritter. Mit Rittern hatte ich früher immer nur Ärger. Du weißt, was ein Schornsteinfeger ist?"

„Was ein Schornsteinfeger ist, weiß ich, lächelte Ayolla. Mit einem raschen Griff faßte sie das hinter ihr liegende Kleid und hielt es, ihre Blößen bedeckend, vor die Brust. „Den Herrn kenn ich von der Violetten Auster her."

Der Drache gab Ernst einen Stups mit der Nase. „Du wirkst ziemlich aufgeputscht," sagte er. „Ich geh mir jetzt was zum Essen holen und stell sie derweil zu deiner Verfügung. Tu dir keinen Zwang an; fühl dich wie zu Hause." Und zu Ayolla gewandt, fuhr er fort: „Du gehst jetzt mit meinem Freund Ernst in die Höhle und gibst dich ihm hin."

„Ich bin doch keine Nutte!" protestierte Ayolla.

„Ob du Nutte bist oder nicht spielt hier keine Rolle," antwortete der Drache streng. „Du bist in meiner Gewalt und hast zu tun, was ich sage. Wenn du nicht spurst, seng ich dich."

Und er stieß einen Flammenstoß aus seiner Nase, und für einen kurzen Moment stand Ayolla eingehüllt in lodernde Flammen. „Hör auf!" rief sie.

„Ich geh mir jetzt was zum Essen holen und übergeb dich derweil in die Gewalt meines Freundes Ernst," sagte der Drache. „Gib dich ihm hin mit Haut und mit Haaren; und solltest du nicht recht fügen, so werd ich dich sengen."

Und er wandte sich um und verschwand; und kurz darauf hörte man nur noch das Krachen seiner sich entfernenden Schritte.

* * *

„Das heißt, du wirst mich jetzt bewachen?" lächelte Ayolla.

Ernst fiel plötzlich auf, daß der Drache seine Gefangene doch tatsächlich ohne Bewachung zurückgelassen hatte. Oder – unter seiner Bewachung? Offenbar vertraut er ihm, daß er sie bewacht. Ernst dachte nicht daran, dieses Vertrauen zu enttäuschen; und zudem wollte er tatsächlich nicht, daß Ayolla flüchtet. Damit er weiterhin jeden Donnerstag zuschaut, wie sie sich in der Violetten Auster auszieht? Wenn sie schon mal in die Gefangenschaft seines Freundes, des Drachen, geraten ist, soll sie auch dort bleiben!

„Ja," nickte Ernst. „Ich bewache dich."

„Wie soll ich entfliehen, da ich doch nackt bin..." sagte Ayolla und warf ihr Kleid, mit dem sie ihre Blöße bedeckt hielt, beiseite.

„In der Höhle ist ein weiches Bett aus Tannenzweigen," sagte Ayolla. „Gehen wir rein?"

Sie verschwanden in der Höhle.

***

„Noch vor einer Woche hätte ich gesagt, daß du Spitze bist," sagte Ayolla, als sie sehr viel später schweißbedeckt auf den Tannenzweigen nebeneinander lagen. „Seit ich in der Gewalt des Drachen bin, sind meine Ansprüche ins Unermeßliche gestiegen. Ich steck in seinem Rachen; er kaut an mir herum und dringt mit seiner Zunge in mich ein..."

Plötzlich stutzte sie: „Hast etwa du den Drachen auf mich angesetzt?"

„Ich? Wieso meinst du?"

„Ihr seid immerhin Freunde; und ich bin eure gemeinsame Beute... Ist übrigens nicht als Vorwurf gemeint; ich frag nur aus Neugier..."

„Den Drachen traf ich heut Abend zum ersten Mal; früher kannten wir uns nicht," antwortete Ernst. „Ursprünglich kam ich her, weil ich dich befreien wollte. Doch dann freundeten wir uns an..."

„Und beschlosset, euch gemeinsam an der Beute gütlich zu tun..." lachte Ayolla.

„Im Prinzip ist das so," bestätigte Ernst ungerührt.

„Du bist ein ganz wüster Egoist," sagte Ayolla. „Du gefällst mir."

„Danke," antwortete Ernst. „Und hast du keine Angst, daß er dich mal wirklich auffrißt?"

„Ich rechne jedes mal damit, daß er mich auffrißt," sagte Ayolla. „Was kann ihn hindern, mich aufzufressen?"

„Eben: Nichts kann ihn hindern..."

„Und das macht die Sache noch viel spannender... Wenn er mich packt, ist das wie ein Sturz kopfüber in den Abgrund, bei dem ich nicht weiß, wo ich landen werde..."

„Und wenn du plötzlich in seinem Magen landest?"

„Na und? Besser so, als nach vielen Jahren an Altersschwäche im Bett sterben. – Du bist übrigens erstaunlich genügsam. Ich hätte dich für triebhafter gehalten."

***

Als der Drache mit vollem Magen zurück kam, war Ernstens Kondomvorrat bereits leicht geschrumpft.

„Da bin ich wieder," ertönte draußen seine Stimme. „Ich hab euch ein paar Hasen mitgebracht; wenn ihr Lust habt, könnt ihr sie euch braten. Ich geh jetzt in die Stadt und hol noch eine Stripperin. Hast du irgendwelche Vorlieben?"

„Schlank, mit festen Brüsten," antwortete Ernst. „Und am besten was intelligenteres; vielleicht eine Studentin oder so."

„Anspruchsvoll biste ja... Will sehen, was ich finde. Fühl dich derweil wie zu Hause..."

Und wieder das sich entfernende Knacken von Zweigen und Ästen.

„Warum bist du so zurückhaltend? In der Violetten Auster starrst du mich immer an wie ein hungriger Wolf seine Beute. Aaah..."

Als der Drache zurück kam, waren restlos alle Kondome aufgebraucht. Nicht nur eine Stripperin brachte er mit, sondern gleich dreie; und alle drei wirkten irgendwie verwirrt. Eine weinte sogar. Ayolla tröstete die Neuankömmlinge, sagte, das sei alles gar nicht so schlimm, und es werde alles gut werden. Dann wurden die Gefangenen in der Höhle eingesperrt; der Drache kippte den Felsbrocken vor den Eingang und legte sich schlafen.

Ernst bereitete sich in den Büschen ein Nachtlager.

***

Am andern Morgen entfachte er ein Lagerfeuer und briet die Hasen. Der Drache rollte den Felsblock vom Eingang, warnte die Stripperinnen, daß Fluchtversuche mit Aufgegessenwerden geahndet werden, und lud sie ein, sich am Wasserfall zu waschen und anschließend zu frühstücken.

Und wie sie dann alle am Lagerfeuer saßen und Hasenbraten aßen, fragte Ernst den Drachen, ob er sich nicht beteiligen wolle. Doch der Drache antwortete, ein Hase sei für ihn eine zu kleine Portion, und er werde nachher eine von den Damen aufessen. Woraufhin die neuen ganz blaß wurden und aufhörten, zu essen. Ayolla fragte keck, ob er sich denn schon jemanden ausgesucht habe und empfahl sich selbst. Sie habe heute morgen gute Laune und würde deshalb ausgezeichnet schmecken. Und am besten würde sie schmecken, wenn er sie vorher in eine Wanne mit Himbeeren eintauche.

„Wo nehm ich so schnell so viele Himbeeren her," wehrte der Drache ab. „Nee, ich ess dich besser ohne Himbeeren. Aber iß du selbst erst mal den Hasen auf; dann sehen wir weiter."

Die drei neuen waren beruhigt und machten sich wieder an den Hasenbraten. Ayolla stand auf und sagte, sie wolle sich noch einmal am Wasserfall waschen, da sie es unästhetisch finde, ungewaschen gefressen zu werden. Die drei neuen wunderten sich sehr.

Doch wie Ayolla dann, munter und gut gelaunt, wieder im Kreise ihrer Mitgefangenen saß, verkündete der Drache, er werde zum Frühstück doch besser einen Hirschen essen.

Auf Bitten Ayollas wurde eine von den neuen, diejenige, die gestern Abend geweint hatte, wieder frei gelassen. Ernst bot sich an, sie mit seinem Personenkraftwagen zurück in die Stadt zu bringen; er habe keine Kondome mehr und auch keine Zigaretten und müsse sich neu eindecken.

Der Drache schloß die drei verbleibenden in die Höhle ein, brachte Ernst und die Freigelassene zum Auto und ging dann auf Hirschjagd.

Ernst fuhr mit seinem Personenkraftwagen die Stripperin zurück in die Stadt. Während der Fahrt verhielt er sich zurückhaltend und machte keinerlei Annäherungsversuche. Denn er hatte keine Kondome mehr; und zudem war seine Begleiterin unablässig am Klagen ob der Widrigkeiten des Schicksals und war überhaupt ein unglückliches, weinerliches Geschöpf. Frau eines Studienrats, der vor kurzem mit einer Oberstufenschülerin durchgebrannt war und sie ganz alleine gelassen hatte; und nun müsse sie sehen, wie sie sich über Wasser hält. Warum sie sich unbedingt mit Striptease über Wasser halten wollte, verstand er nicht. Zum Striptease braucht es kettensprengende Unbekümmertheit und Hingabe, während seine Begleiterin recht verkrampft und egozentrisch wirkte. Nun, vielleicht versucht sie instinktiv, durch ihre Tätigkeit als Stripperin von ihrer Verkrampftheit und ihrer Egozentrik freizukommen. Wenn das ihr gelingt – wird sie vielleicht noch eine interessante Frau. Schlecht sieht sie ja nicht aus... Ernst schaute sie aus den Augenwinkeln an. In der Tat: sieht nicht schlecht aus. Aber er hatte keine Kondome mehr und auch keine Zeit. Er setzte sie an der angegebenen Adresse ab und fuhr zur nächsten Apotheke, wo er die ganzen Kondomvorräte aufkaufte. Dann kaufte er noch ein paar Stangen Zigaretten und fuhr stracks zurück ins Gebirge.

Wie er zurückkam, verkündete der Drache, er werde die geraubten Stripperinnen in den Himalaja verschleppen, wo ein paar gute Freunde von ihm wohnen, und lud Tirckl-Wolff ein, mitzukommen.

Ernst ließ sich das nicht zweimal sagen; allerdings wollte er wissen, wie die Stripperinnen selbst das sehen. Der Drache beruhigte ihn: Mit Ayolla sei sowieso alles klar; und auch die neuen hätten sich unter ihrem Einfluß gut eingelebt; und eine von ihnen hätte sogar vorgeschlagen, eine ihrer Freundinnen zu rauben und mitzunehmen.

Und so kam es, daß sowohl Ernst Tirckl-Wolff als auch Ayolla und ihre beiden Kolleginnen für alle Zeiten verschollen blieben.

Der vor vielen Jahren im fernen Ausland hergestellte Personenkraftwagen aber, der Ernst Tirckl-Wolff über lange Zeit hin solch treue Dienste geleistet hatte, blieb stehen, allwie er ihn verlassen; und wenn er nicht verrostet ist, so steht er noch heute.

Die Schloßbesichtigung

Nach Verlassen des Schlosses merkten wir plötzlich, daß Aita fehlte. Wir wandten uns um; und siehe: sie war nirgends zu sehen.

Vielleicht hat sie sich in den wirren Gängen und Gewölben verlaufen? Zwar ist es nicht ihre Art, sich zu verlaufen; aber möglich ist alles.

Wir gingen zurück, um sie zu suchen. Und konnten nicht verstehen, warum man uns nicht mehr in das Schloß hineinlassen wollte. Ein grimmiger Wächter stand da, in wohlgebügelter Uniform und mit einem Pistolenhalfter, aus dem der Knauf einer Pistole ragte. Was macht ein Schloßwächter mit einer Pistole? Vorhin war dieser Wächter nicht da. Oder vielleicht war er da; aber nicht in solch bedrohlicher Uniform und nicht mit Pistole. Die Uniform mit der Pistole war zugegen; ganz egal, wer drin steckte.

Der Wächter, der uns nicht hineinlassen wollte, telefonierte mit irgendwem, sagte „In Ordnung" und legte den Hörer auf. Dann erklärte er uns, bei der vermißten Person handle es sich vermutlich um die junge Dame, die wegen ungebührlichen Aufzugs festgenommen wurde. Ob unsere Bekannte lange Beine hat? – Ja, lange Beine hat sie; sie ist dafür bekannt, daß sie lange Beine hat. – Ob sie blond ist? – Ja; zur Zeit ist sie blond. Langes blondes Haar. – Und einen sehr kurzen Rock habe sie getragen und eine fast durchsichtige Bluse? – Sie trägt meist kurze Röcke, und ihre Blusen sind entweder extrem dekolletiert, oder extrem durchsichtig. – Unter der Bluse habe sie einen dunklen Büstenhalter getragen, und auch der Büstenhalter sei durchsichtig gewesen? – Richtig. – Wegen des kurzen Rockes und der durchsichtigen Bluse habe man sie festgenommen, weil sie nämlich damit öffentliches Ärgernis erregt habe.

Ich entgegnete, daß die Beine und die Brüste von Aita zwar manchmal für Aufsehen sorgen; daß ich jedoch noch nie gehört habe, daß man sich über sie geärgert hätte. Oder höchstens irgendwelche Matronen, die keine so schönen Beine haben und neidisch sind.

Der Wächter grinste und sagte, das mit der Erregung öffentlichen Ärgernisses sei in der Tat eine dehnbare Formel; er selbst hätte durchaus seine Freude an wohlgeformten Frauenbeinen; und den meisten seiner Kollegen gehe es in dieser Hinsicht ähnlich; doch sei es weder seine noch seiner Kollegen Angelegenheit, über die Anwendung des Etiketts „öffentliches Ärgernis" zu philosophieren; ihre Aufgabe bestünde darin, bei Vorliegen bestimmter Tatbestände die entsprechend vorgeschriebenen Maßnahmen zu ergreifen. Laut Vorschrift müsse der Rock mindestens zwei Drittel des Oberschenkels bedecken, und die Brüste müssen so bedeckt sein, daß die Spitzen nicht sichtbar sind. Wie seine Kollegen berichten, haben an der Rockeslänge anderthalb Zentimeter gefehlt, und die Brüste hätten für den aufmerksamen Betrachter praktisch offen gelegen. Die anderthalb Zentimeter unbedeckten Oberschenkels und die ungenügend abgedeckten Brüste aber hätten laut Dienstvorschrift öffentliches Ärgernis erregt. De facto hätten zwar seine Kollegen ihren Plausch daran gehabt und sich keineswegs geärgert; doch das sei alles nicht von Belang, da es im Prinzip ja nur darum gehe, daß man seine Pflicht tut und daß der Vorschrift Genüge getan wird. Und zudem sei es weitaus reizvoller, in Ausübung seiner Pflicht eine langbeinige Schöne festzuhalten als eine alte Matrone.

Mit letzterem mußte ich ihm recht geben, und ich gab zu, daß ich an Stelle seiner Kollegen genau die gleichen Vorlieben entwickeln würde. – Auf meine Frage, warum man sie in dem kurzen Rock und der durchsichtigen Bluse denn überhaupt hineingelassen hat, antwortete der Wächter, daß die neuen Vorschriften zu einem Zeitpunkt in Kraft traten, als wir bereits drinnen waren. Doch auch laut den neuen Vorschriften hätte man sie trotz des kurzen Rockes hereingelassen; das Betreten des Schlosses in ungebührlicher Bekleidung sei nach wie vor erlaubt; und niemand könne das mehr begrüßen als er; denn er sei ein leidenschaftlicher Verehrer weiblicher Schönheit und halte es für unangemessen, einen schönen Körper über Gebühr bedeckt zu halten; seinem Dafürhalten nach

müsse man als ungebührliche Bekleidung eben eine solche Bekleidung bezeichnen, die zuviel bedeckt. Doch sei das seine private
Meinung; laut Vorschrift gelte als ungebührliche Bekleidung eine
solche, die zu wenig bedeckt. Beim Hereingelassenwerden spiele
das aber keine Rolle; wohl aber beim Hinausgelassenwerden: Wer
in ungebührlicher Bekleidung angetroffen wird, werde nicht mehr
hinausgelassen.

Ich stritt nicht ab, daß es durchaus angenehm sein kann, solche öffentliches Ärgernis erregende Geschöpfe in seiner Obhut zu
behalten, gab sogar zu, daß ich ihn wegen seiner Arbeit beneide;
doch andererseits könne man Aita wegen des anderthalb Zentimeter zu kurzen Rockes und der Offenlegung ihrer Brüste nicht bis
ans Ende ihrer Tage im Schlosse gefangen halten.

„Solches ist nicht vorgesehen," antwortete der Uniformierte.
„Irgendwann wird man sie wieder hinauslassen..."

„Und wann wird man sie wieder hinauslassen?"

„Weiß ich nicht," zuckte der Uniformierte die Achseln.

„Und was geschieht nun mit ihr?"

„Das scheint Sie ja sehr zu interessieren?"

„Ja," bestätigte ich. „Das interessiert mich."

Der Wächter hob den Hörer, wählte eine Nummer und führte
dann in unverständlichem Kauderwelsch mit irgendwem ein unverständliches Gespräch. Dann legte er den Hörer gemächlich auf
die Gabel, stand auf und sagte jovial: „Dann kommen Sie mal
mit..."

„Sind wir auch verhaftet?" fragte ich irritiert.

„Nö, wieso?" wunderte sich der Wächter. „Ich denke, Sie wollen
sehen, was mit Ihrer Bekannten passiert?" Und grinsend fügte er
hinzu: „Verhaftet werden bei uns nur öffentliches Ärgernis erregende junge Damen."

„Und was passiert mit ihr?" wiederholte ich meine Frage.

„Was möchten Sie, daß mit ihr passiert?" fragte der Wächter.
Er öffnete eine klobige Holztür, hinter der eine enge nach unten
führende Treppe sichtbar wurde.

„Wenn ich recht verstehe, ist das, was wir möchten, hier nicht von Belang, da das, was mit ihr geschieht, nicht von uns abhängt," antwortete ich.

„Und wenn es doch von Ihnen abhängen würde?"

„Dann würde ich veranlassen, daß man sie sofort frei läßt!"

„Das sind Oberflächlichkeiten..." winkte der Wächter ab. „Wenn Sie genauer in sich hineinschauen würden, würden Sie ganz anders sprechen." – Er betrat die steil nach unten führende Treppe und machte Zeichen, ihm zu folgen.

Beim Hinuntersteigen blickte ich kurz in mich hinein und verstand, daß er recht hatte. Was soll man, wenn einem plötzlich Macht über ein solch rassiges weibliches Wesen zufällt, diese Macht nicht mißbrauchen? – Klein wenig beunruhigte mich, wie sie das wohl selbst sehen mag; doch alle Skrupel wurden durch die Faszination und den fast metaphysischen Schauer dieser außergewöhnlichen Situation hinreichend in Schach gehalten. Ein Sakrilegium wär's, diese unvermittelt aufgebrochenen prickelnden Möglichkeiten dadurch, daß man Aitas Freilassung fordert, ungenutzt in der Alltagsbanalität versanden zu lassen.

Als Mindestes sollte man, bevor man einen Entschluß faßt, herauszufinden suchen, wie Aita selbst das sieht. Denn Aita hat eine Schwäche für ausgefallene Situationen, und ihre Sichtweisen decken sich nicht immer mit dem, was man gemeinhin erwarten würde.

Während wir unten durch einen endlos langen Gang dahingingen, sagte ich dem Wächter, daß er Recht hat und daß ich eine Freilassung tatsächlich nicht für erstrebenswert halte. Ich sei nur im ersten Moment meiner guten Erziehung zum Opfer gefallen.

„Die verdorrten und faulen Früchte unserer Erziehung müssen wir durch lebendiges Denken mutig außer Kraft setzen!" brummte der Wächter. „Wir müssen mehr philosophieren; dann wird alles gut. Nämlich ist Philosophie der Weg, auf dem wir die Fehler, die bei unserer Erziehung gemacht wurden, ausmerzen. – Letzteres übrigens nicht von mir, sondern von Novalis."

„Wo kämen wir hin ohne unsere Philosophen..." bemerkte Rherry, der bis jetzt geschwiegen hatte. „Auch ich konnte mich nur mit

Mühe den durch meine Erziehung angelegten Banden entwinden. Doch fürwahr eine interessante Situation! Was soll man sie durch das, was man gelernt hat, verpantschen? – Hängt das, was mit ihr geschieht, tatsächlich von uns ab?"

„Ich würd's nicht ausschließen," antwortete der Uniformierte unbestimmt. Er öffnete eine Tür, wies uns hinein; und – an der gegenüberliegenden Wand stand, Hals und Hände von den Balken eines Prangers umfaßt – Aita. Den linken Fuß hielt sie in Kniehöhe an die Wand gestützt, während der rechte mit einer klobigen Fußschelle am Fußboden festgekettet war.

„Hallo," begrüßte sie uns.

„Hallo," antwortete ich. „Wir haben dich gesucht."

„Und nun habt ihr mich gefunden."

„Ein ungewohnter Anblick," sagte Rherry.

„Es wäre langweilig, wenn immer alles so wäre, wie man es gewohnt ist," antwortete Aita. „Das Gewohnte ist die Fessel, die uns an die Banalität des Alltags kettet."

„Auch du stehst angekettet," warf ich ein.

„Aber nicht an der Banalität des Alltags," erwiderte sie schnippisch.

„Fürwahr keine Spur von Banalität!" rief Rherry. „Der Pranger steht dir gut!"

„Danke," lächelte Aita.

„Und was wird weiter mit dir geschehen?" fragte ich. „Was hat man mit dir vor?"

„Ich weiß nicht, was man mit mir vor hat," antwortete Aita. „Und ich will es auch nicht wissen. Denn was ich weiß, ist schon da und nicht mehr neu. Ich aber liebe Überraschungen." – Und lächelnd fügte sie hinzu: „Was möchtet ihr, daß mit mir geschehe?"

„Wenn das Weitere von mir abhängen würde..." ich biß mir auf die Lippen.

„Es hängt von dir ab," mischte sich der Wächter ein. „Man hat es mir vorhin bestätigt."

„Dann laß dir mal was einfallen," sagte Aita.

Und ich ließ mir was einfallen. Es wurde eine herrliche Orgie, an der sämtliche Schloßwächter, fünfe an der Zahl, teilnahmen, und bei der nicht nur das gleich neben dem Pranger stehende Streckbett, sondern auch das seit vielen hundert Jahren unbenutzte Himmelbett der einstigen Schloßherrin wieder zu Ehren kamen.

Nach der Orgie veranlaßte ich die Freilassung von Aita, und wir verließen diese gastlichen Gemächer.

Und wie es uns zwei Wochen später nach Wiederholung gelüstete, - da saß am Schloßeingang eine uniformierte ältere Matrone von beachtlicher Körperfülle; und die weigerte sich, Aita hineinzulassen. Aita trug diesmal ein knöchellanges Kleid, und ihre Bluse war keineswegs durchsichtig, sondern nur etwas stark ausgeschnitten. Eben wegen des Ausschnitts wollte sie Aita nicht hineinlassen, da dadurch, wie sie sich ausdrückte, öffentliches Ärgernis erregt werde. – Auf Aitas Bemerkung, ihres Wissens würden Erregerinnen öffentlichen Ärgernisses zwar hinein- aber nicht mehr hinausgelassen, antwortete die Matrone, davon sei ihr nichts bekannt; sie habe nur Anweisung, Frauen in ungebührlicher Bekleidung nicht hineinzulassen.

Und unverrichteter Dinge zogen wir wieder ab.

Vielleicht auch besser so, da Wiederholung bekanntlich auch das Außergewöhnliche in den Sumpf des Gewöhnlichen hinabzuziehen pflegt...

Die Schwarzfahrerin

An einem dieser lauen Frühlingstage, an denen alles mögliche
zu passieren pflegt, was dann in der Folge allen Beteiligten zur
unauslöschlichen Erinnerung wird oder gar in die Geschichte ein-
geht, begab es sich, daß in einem städtischen Busse plötzlich
zwei männliche Gestalten sich von ihren Sitzen erhoben und die
übrigen Fahrgäste aufforderten, ihnen ihre Fahrkarten zu zeigen.

Eben diesen Bus hatte kurz zuvor Aita zwecks Erreichens eines
uns nicht näher bekannten Zieles als Beförderungsmittel sich aus-
erkoren; und bereits hier sei vermerkt, daß sie im Allgemeinen
ohne Fahrkarte zu fahren pflegt und daß auch diese Fahrt ganz im
Sinne dieser Gepflogenheit ablief. Oder, anders ausgedrückt: Aita
ist leidenschaftliche Schwarzfahrerin.

Die Gilde der Schwarzfahrer ist, wie bekannt, eine internationa-
le. Von keinen staatlichen Grenzen beengt, wirkt sie einträchtig
und unbeirrt an allen Punkten der Erde, wo immer Busse fahren
und Züge, Straßenbahnen und U-Bahnen, Dampfboote und Zahn-
radbahnen; in allem, was an öffentlichen Verkehrsmitteln kreucht
und fleucht und schwimmt, ist sie Tag und Nacht in unermüd-
lichem Einsatz.

Grenzenlos über alle Kontinente hin erstreckt sich die Gilde
der Schwarzfahrer; doch eng und kärglich ist ihr ideologischer
Untergrund. - Denn wieso fährt der Schwarzfahrer schwarz? Will
er die Welt verbessern? Der Menschheit ein Licht aufstecken? -
Nein. Weder die Welt will er verbessern, noch ein Licht will er
der Menschheit aufstecken. Umsonst will er fahren; weiter nichts.
Geld will er sparen, um es für was anderes auszugeben. Und wo
er sich schon mal aufschwingt zu ideellen Höhen, so höchstens,
daß er das Schwarzfahren als Protest betreibt gegen die hohen
Fahrpreise. Was natürlich edel ist; aber alles in allem doch recht
mager und nicht würdig, als Ideologie zu dienen für eine interna-
tionale Bruderschaft.

Und gar gibt es solche prinzipienlose Vertreter der Schwarzfahrergilde, deren Verhalten seine Wurzeln hat in primitivsten,

jeglicher Idee entblößten Sachzwängen; das heißt Individuen, die einfach bloß deshalb schwarz fahren, weil ihnen das Geld fehlt für eine Fahrkarte.

Fürwahr öd und kärglich ist der ideologische Untergrund der Schwarzfahrergilde; viel zu kärglich, als daß Aita in ihm gedeihen könnte.

Und in der Tat: nur dem alleräußersten Scheine nach gehört Aita dieser Bruderschaft an; gehört ihr an, weil sie, eben: schwarz fährt; und schwarz fährt sie mit unendlicher Hingabe, mit der ganzen Leidenschaft, derer man fähig ist im zarten Alter von 21 Jahren und die dann in späteren Jahren so häufig wieder verblaßt; fährt schwarz mit einer Leidenschaft, die manchmal an Wollust grenzt und häufig auch zur Wollust wird; doch verhaßt ist ihr alles Sparen und Knausern, fremd und unverständlich sind ihr die Motive und Triebfedern der gewöhnlichen Schwarzfahrer.

Als ihre Freundin Susanne ihr erzählte, sie habe ein Schwarz-fahrsparschwein eingerichtet, in welches sie nach jeder erfolg-reichen Schwarzfahrt den Gegenwert der gesparten Fahrkarte ein-wirft, um sich später etwas nettes zu kaufen - da fand Aita dies äußerst geschmacklos. Denn bekannt ist ihr, daß der Betrieb der öffentlichen Verkehrsmittel Geld kostet; und normal findet sie es und natürlich, daß man bei der Beschaffung dieser Mittel auf die-jenigen zurückgreift, welche diese Verkehrsmittel benutzen. Und wer Geld hat, sich eine Fahrkarte zu kaufen, der soll sich, wenn er fährt, auch gefälligst eine kaufen.

Es sei denn, es liegen ganz besondere Gründe vor...

***

Aufgrund solcher ganz besonderer Gründe zog Aita über Monate hinweg mit ihrer Freundin Rita klauend durch die Kaufhäuser der Stadt. Die geklauten Sachen behielten sie selten für sich; das meiste verschenkten sie an Stadtstreicher und Bettler oder brach-ten es heimlich wieder zurück. – Nicht die Sachen interessierten sie; interessieren tat sie der Nervenkitzel; die Sachen waren nur

Mittel zum Zweck. Und die Ernte an Nervenkitzel war reichlich; besonders die beiden Male, als sie erwischt wurden. Wie sie ihrer Freundin Susanne im Vertrauen erzählte und wie diese dann im Vertrauen anderen weitererzählte, stand sie, als sie zum ersten Male erwischt wurde und man ihr Handschellen anlegte, kurz vor einem Orgasmus.

Doch das gehört wohl nicht hierhin...

Aita kam dann aber zu dem Schlusse, daß der Schaden, der durch solchen Lustgewinn für die Volkswirtschaft entsteht, unverhältnismäßig hoch ist; und deshalb stellte sie diese Expeditionen ein. Ihre Freundin Rita fand solche Erwägungen einleuchtend; jedoch war sie bereits süchtig und machte alleine weiter. Beim ersten Alleingang wurde sie dann zum dritten Male erwischt und mußte dafür ins Gefängnis, wo Aita, die sie wegen dieses Abenteuers insgeheim beneidete, sie regelmäßig besuchte. Rita erzählte von all dem Nervenkitzel, den das Gefängnis zu bieten hat, und riet ihr dringend, es auch auszuprobieren.

Aita war nicht abgeneigt; doch wollte sie aus ideologischen Gründen die Diebestouren nicht wieder aufnehmen und begnügte sich mit Schwarzfahren. Schwarzfahren fand sie vertretbar. Der Lustgewinn ist zwar nicht ganz so groß wie beim Kaufhausdiebstahl; doch dafür ist auch der Schaden unverhältnismäßig geringer. Im Grunde entsteht durch ihre unbezahlte Anwesenheit überhaupt kein nennenswerter Schaden; und das Wenige an Schaden, das vielleicht doch entstehen könnte, versuchte sie dadurch wettzumachen, daß sie sich zu jeder Schwarzfahrt immer besonders sorgfältig und möglichst offenherzig kleidete, auf daß ihre unbezahlte Anwesenheit dem Busse oder der Straßenbahn zum Schmucke gereiche und daß sie, gleich diesen leichtbekleideten Animiermädchen in den Bars, den zahlenden männlichen Passagieren rein durch ihre Anwesenheit einen zusätzlichen Service biete.

Darüber hinaus hatte sie, dem Beispiel ihrer Freundin Susanne folgend, ein Schwarzfahrsparschwein angelegt, in welches sie nach jeder Fahrt den Gegenwert der gesparten Fahrkarte einwarf; nur daß sie das Geld nicht für sich behielt. War ein Sparschwein

voll, so schickte sie es mitsamt Inhalt anonym an die Verkehrs-
betriebe.

* * *

Langsam und unerbittlich, einer von vorne, einer von hinten,
rückten die Kontrolleure heran. Aita fühlte sich in der Falle und
berauschte sich am Gefühl unentrinnbarer Gefahr.

Für jeden Schwarzfahrer, gleich welcher Orientierung, spielt der
Kontrolleur eine entscheidende Rolle. Der Durchschnittsschwarz-
fahrer ist stets nach Kräften bemüht, jegliche Begegnung mit ihm
zu vermeiden, da selbige Folgen nach sich zieht, die durchaus als
unangenehm empfunden werden. Für ihn ist der Kontrolleur eine
vom Teufel, von den Kapitalisten, den Jesuiten oder den Frei-
maurern erfundene Einrichtung, die nur dazu da ist, das Leben zu
verkomplizieren und die Menschheit in Probleme zu stürzen.

Nicht so für Schwarzfahrer vom Schlage Aita's. Für sie gibt erst
der Kontrolleur der Sache Sinn und Würze; und gäbe es keine
Kontrolleure, so würde Aita nie und nimmer schwarz fahren und
ganz sicher jedes Mal eine Fahrkarte kaufen, vielleicht sogar ein
Abonnement. Denn erst der Kontrolleur als im Hintergrund lau-
ernde potentielle Größe gewährt eben den Nervenkitzel, auf den
es letztendlich ankommt; und tritt er gar aus der Potentialität
heraus in die greifbare Erscheinung, so ist dies mit kaum etwas
anderem zu vergleichen; höchstens noch mit dem Auftauchen
eines Kaufhausdetektivs.

Aita liebt es, mit den Kontrolleuren Katz und Maus zu spielen; wobei
sie den Umständen und ihren Neigungen entsprechend, die Rolle der
Maus übernimmt und dabei ganz beachtliche Initiative entwickelt.

* * *

Viel zu tun gab es für die Kontrolleure; auf Schritt und Tritt Fahrkarten über Fahrkarten, von denen jede einzelne gründlich und
umständlich untersucht wurde; und noch mehr Zeit nahmen die

nicht vorhandenen Fahrkarten ein; da wurden dann alle möglichen Ausweise in Augenschein genommen, und viel wurde gefragt und geschrieben.

Doch unbarmherzig rückten sie näher; wie die bekrallten Pfoten eines riesigen Katers schoben sie sich, von jeder Seite einer, auf sie zu. Bald werden die Krallen zuschlagen. Wie bei einer richtigen Maus begannen sich in Aita Fluchtinstinkte zu regen. Sie erhob sich, ging langsam Richtung Ausgang. Der Bus hielt an einer Ampel; etwas weiter vorn sah man schon die nächste Haltestelle. Der vordere Kontrolleur hatte eben die Bestandsaufnahme einer nicht vorhandenen Fahrkarte abgeschlossen und stopfte sein Notizbuch in die Innentasche seiner Jacke. Wie Aita an ihm vorbeischleichen wollte, wandte er sich um, hielt ihr seinen Ausweis entgegen und sagte knapp:

„Ihre Fahrkarte, bitte!"

„Ich muß jetzt aussteigen," antwortete Aita sanft. „Gleich kommt meine Haltestelle."

„Sie dürfen gerne aussteigen. Doch vorher sollten Sie mir Ihre Fahrkarte zeigen," beharrte der Kontrolleur und starrte ihr dabei mit unverhohlenem Wohlgefallen in den Ausschnitt. Einen schwarzen Schnauzer hatte er und wirkte leicht unterwelthaft. Er gefiel ihr sehr.

„In meinem Ausschnitt steckt sie nicht," antwortete sie

Den Kontrolleur schien das nicht zu stören. „Wenn Sie nicht wollen, daß man in Ihren Ausschnitt schaut, müssen Sie sich bedeckter halten," sagte er. „Ihre Fahrkarte aber müssen Sie mir zeigen; ganz egal, wo Sie sie hingesteckt haben..."

„Erst die junge Dame mit Blicken belästigen, und dann auch noch unverschämt werden!" - rief der ältere Herr, an dessen abwesenden Fahrkarte der Kontrolleur sich soeben zu schaffen gemacht hatte. „Eine Frechheit ist das! Man sollte sich über Sie beschweren!"

„Beruhigen Sie sich," winkte der Kontrolleur ab. „Aufregung schadet der Gesundheit."

„Wenn in meiner Gegenwart die guten Sitten verletzt werden!" ereiferte sich der Mann. „Das geht doch nicht..."

„Schon gut," lächelte Aita. „Ich fühle mich nicht belästigt... Trotzdem vielen Dank..."

„Ich hab doch selbst gesehen, wie er in Ihren Ausschnitt starrte," regte sich der Herr auf. „Richtig reingeglotzt hat er! Ein Lustmolch ist das!"

„Halten Sie Ihre Zunge im Zaum," rief der Kontrolleur. Aber er schien mehr belustigt als beleidigt.

„Nichts halte ich im Zaum" schrie der Herr. „Ein Lustmolch sind Sie. Einen Bericht werde ich schreiben! An Ihren Vorgesetzten!"

„Vergessen Sie nicht, ihre Oberweite anzugeben," grinste der Kontrolleur. Ja: Ein richtiger Unterweltler war er! Warum gibt es nicht mehr von dieser Sorte?

Der Bus hatte unterdessen an der Haltestelle gehalten und fuhr wieder an.

„Sie un-ver-schäm-ter Kerl!" zischte der Herr. Er war ganz außer Atem.

„Machen Sie sich bitte keine Umstände... Das ist alles ganz normal und natürlich," flüsterte Aita und lächelte den Herrn freundlich an.

„Normal und natürlich... Er zieht Sie aus mit seinen Blicken! Ausziehen tut er sie! Und Sie sagen, das sei normal und natürlich... Schämen Sie sich denn nicht?"

Aita schaute plötzlich streng: „Warum soll er nicht schauen, wenn es ihm gefällt," fragte sie scharf. „Und warum soll ich mich schämen, wenn es mich nicht stört?"

„Ich sagte ja nicht, daß Sie sich schämen müssen," verteidigte sich der Herr. „Ich meinte nur..."

„Schon gut," lächelte Aita. Sie blickte schon wieder ganz sanft. „Ich liebe es, wenn man mich anstarrt. Und außerdem ist es mein Beruf, mich anstarren zu lassen."

„Wieso Beruf?" Der Herr verstand nicht.

„Ich bin Nachtclubtänzerin," sagte Aita.

Das stimmte zwar nicht; aber sie fand, daß dieser spontane Einfall sehr gut paßte.

Den Herrn schien das zu interessieren. „Sie sind Nachtclubtänzerin?" fragte er. „Was tanzen Sie denn so?"

„Striptease," antwortete Aita.

„Ach, Striptease tanzen Sie," rief der Herr begeistert. „Das ist natürlich etwas anderes. Ja, in der Tat... Ihrer Figur und Ihrer Ausstrahlung nach sind Sie für diesen Beruf prädestiniert... Man sagt, Striptease sei eine Kunst... Sie sind also Künstlerin..."

„Wenn Sie so wollen, bin ich Künstlerin," lächelte Aita.

„Das ist das erste mal, daß ich eine richtige Stripteasetänzerin von so nahe sehe," sagte der Herr. Er war ganz außer Atem und begann nun auch, sie mit seinen Blicken abzutasten. Denn Stripteasetänzerinnen sind ja dazu da, daß man sie anschaut...

Aita machte einen leichten Knicks und zeigte sich ihm dann im Profil.

„Dürfte ich jetzt trotzdem Ihre Fahrkarte sehen?" mischte sich der Kontrolleur ein. Trotz seines unterwelthaften Aussehens schien er von einem unerbittlichen Pflichtbewußtsein besessen.

„Ich habe keine Fahrkarte," sagte Aita und strich sich mit der Rechten locker durchs Haar. Frivol klang es, fast verrucht... Die Augen des Kontrolleurs belebten sich von dem Klange; doch seine Antwort bezog sich unerbittlich auf den begrifflichen Inhalt der Worte.

„Wieso haben Sie keine Fahrkarte?"

Aita zuckte die Achseln. „Was macht das für einen Unterschied...." Kokett legte sie die Hände an die Taille. „Walten Sie Ihres Amtes. Wollen Sie mir Handschellen anlegen?"

„Ich würde gerne," feixte der Kontrolleur. „Aber ich habe keine. Nur Ihren Ausweis müßte ich sehen." Und er langte in die Tasche nach seinem Notizbuch.

„Schade, daß Sie mir keine Handschellen anlegen," sagte Aita. „Man sagt, daß sie mir gut stehen..."

„Haben Sie Erfahrung damit?" grinste der Kontrolleur und schlug sein Notizbuch auf.

„In meiner Nachtclubnummer trage ich Handschellen," log Aita.

„Wie können Sie sich denn ausziehen, wenn Sie Handschellen tragen?" fragte der ältere Herr zweifelnd.

„Ausziehen? Mit Handschellen? Das geht leicht. Man darf nur nichts anhaben mit Schulterträgern." Aita's Phantasie arbeitete auf Hochtouren. Der zweite Kontrolleur, gleichfalls mir Schnauzer, der aber eher wie ein verkrachter Intellektueller wirkte, hatte seine Runde beendet und sich dazugesellt. Schweigend hörte er zu.

„Aber wenn zum Beispiel ein Reißverschluß da ist? Auf dem Rücken zum Beispiel?" - zweifelte der Herr.

„Auf dem Rücken? Das wäre schwierig. Aber an meinem Kleid ist der Reißverschluß vorn, von hier" - sie legte den Finger an den oberen Rand ihres Ausschnitts - „bis knapp unter den Nabel. Der geht ganz einfach auf." Und sie legte die Hände zusammen, so, als seien sie mit Handschellen aneinandergefesselt, und führte sie vom Dekolleté bis runter zur Taille. „Und dann ist hier noch ein Knopf..." Sie führte die Hände an die rechte Hüfte.

Die Fahrgäste ringsum hörten interessiert zu. Eine ältere Dame warf mißbilligende Blicke, sagte aber nichts.

„Ihren Ausweis wollten Sie mir zeigen," erinnerte der Kontrolleur.

„Gerne", antwortete Aita und öffnete gehorsam ihre Handtasche. Ihre Finger ertasteten ihren Paß, ihren Führerschein. Stießen auf etwas Seidiges. Sie zog es hervor, betrachtete es kurz, schob es wieder zurück. Ein Büstenhalter war's. Irgend jemand lachte. Aita konnte sich nicht erinnern, wie der Büstenhalter in ihre Tasche kam; aber sie fand, daß er gut dazupaßte. „Ich habe keinen Ausweis dabei," sagte sie und klappte mit einer raschen Bewegung die Tasche zu.

„Dann müssen wir Sie leider bitten, an der nächsten Haltestelle mit uns auszusteigen," sagte der Kontrolleur.

„Ganz wie Sie wollen," sagte Aita. „Verfügen Sie über mich, wie Ihnen beliebt."

„Wir verfügen über Sie, wie das Gesetz es befiehlt," verbesserte der Unterweltler grinsend.

„Wollen Sie nicht Gnade vor Recht ergehen lassen?" fragte der ältere Herr. „So eine nette junge Dame..."

„Wir würden gerne..." antwortete der Kontrolleur bedauernd. „Aber Dienst ist Dienst... Auch wir werden kontrolliert. Wenn es rauskäme, daß wir jemanden rein aus Sympathie laufen ließen..."

„Es ist sicher richtig, daß die Herren mich mitnehmen," lächelte Aita. „Trotzdem vielen Dank für Ihren Beistand."

„Und in welchem Nachtclub treten Sie auf?" fragte der Herr hastig. „Ich möchte doch gern einmal sehen, wie sie tanzen... Sicher sind Sie eine gute Tänzerin..."

„Leider ist das ein privater Nachtclub. Nur für Mitglieder..."

„Aber man kann ja sicher Mitglied werden... Wie heißt er denn?"

„Marquis de Sade," log Aita.

„Marquis de Sade..." wiederholte der Herr. „Deshalb die Handschellen. Und wo kann man den finden?"

„In der Karl-Friedrich-Straße," antwortete Aita.

Einen Privatclub mit Namen „Marquis de Sade" und einschlägigem Programm schien es in der Karl-Friedrich-Straße tatsächlich zu geben; Aita hatte davon gehört und sogar schon mal daran gedacht, ihm einen Besuch abzustatten.

Der Bus verlangsamte seine Fahrt.

„Wir müssen nun aussteigen," erinnerte der Kontrolleur und faßte Aita sachte am Oberarm.

„Wieso müssen Sie sie unbedingt anfassen," beschwerte sich der Herr.

„Lassen Sie ihn doch..." beruhigte ihn Aita. „Ich bin jetzt verhaftet..."

„Vielleicht sehe ich Sie mal im Marquis de Sade..."

„Erst muß ich ins Gefängnis..." In einer raschen Bewegung öffnete sie ihre Handtasche, zog den Büstenhalter heraus und warf ihn dem Herrn zu. „Zur Erinnerung..."

Der Herr fing den Büstenhalter auf, steckte ihn verstört in die Tasche. „Wieso ins Gefängnis?" rief er. Aita antwortete nicht. Der Kontrolleur bugsierte sie zum Ausgang, und sie verließen den Bus.

„Wieso wollen Sie eigentlich ins Gefängnis?" fragte der unterwelthafte Kontrolleur, als der Strom der ausgestiegenen Fahrgäste sich verzogen hatte und sie unter sich waren. Aita wand sich innerlich unter seinen Blicken.

„Sie bringen mich jetzt zur Polizei; und dann komm ich vor Gericht und werde eingesperrt," sagte sie.

„So schnell kommt man nicht ins Gefängnis," widersprach der verkrachte Intellektuelle.

„Ich schon... Wegen fortgesetzten Schwarzfahrens..." Triumphierend sagte sie das; so als mache es ihr Vergnügen, den Kontrolleur zu widerlegen. „Das ist schon das fünfte Mal in diesem Monat..."

„Ja, dann kann's unangenehm werden..."

Der verkrachte Intellektuelle zog ein Handy aus der Tasche, drückte unentschlossen eine Taste.

„Warum so eilig?" fragte sein Kollege. „Kannst es wohl nicht erwarten, die junge Dame in Handschellen zu sehen?"

„Sie meint ja selbst, daß Handschellen ihr stehen...." Aber er wählte nicht weiter; sein Zeigefinger verharrte regungslos über der Tastatur. „Es sei denn..." - und fragend blickte er seinen Kollegen an, „... es sei denn, wir vergessen die Sache..."

„Das heißt, du willst sie laufen lassen?" fragte der Unterweltler.

„Was soll man sie wegen einer solcher Lappalie ins Gefängnis bringen? Ist doch Blödsinn..." Mit einer entschlossenen Bewegung steckte er sein Handy zurück in die Tasche.

„Da bin ich aber nun gar nicht dafür," widersprach der Unterweltler gedehnt. „Strafe muß sein."

„Machen Sie sich bitte keine Gedanken," wandte sich Aita mit sanfter Stimme an den Intellektuellen. „Wenn Sie mich laufen lassen, werden dafür andere mich einfangen, und Sie riskieren nur unnötigen Ärger. Denn ich fahre immer schwarz..."

„Hörst du?" rief der Unterweltler triumphierend.

„Ich hab Strafe verdient," sagte Aita. „Obwohl es volkswirtschaftlich gesehen natürlich Unsinn ist, mich einzusperren.

Überhaupt ist das heutige Strafvollzugssystem nicht das, was gebraucht würde!"

„Richtig!" rief der Unterweltler. „Der reinste Unsinn ist es. Aber trotzdem..."

„Statt die Leute wegen solcher Lappalien einzusperren, sollte man sie besser zu Pflegediensten in Krankenhäusern verurteilen," sagte der Intellektuelle.

„Für Pflegedienste sind andere sicher besser geeignet als ich," widersprach Aita. „Aber im Prinzip haben Sie recht. Während der Abbüßung einer Haftstrafe bin ich zu nichts nütze und verursache dem Staat nur unnötige Ausgaben, die in keinem Verhältnis stehen zu den durch mein Schwarzfahren entstandenen Verlusten."

„Das heißt, Sie gehen mit mir einig, daß man die Gefangenen verstärkt zu sinnvoller Arbeit heranziehen soll..."

„Keineswegs," sagte Aita. „Es geht mir im Gegenteil darum, den Begriff der Strafe in seiner ursprünglichen Reinheit wiederherzustellen und alle sentimentalischen Beimischungen wie Besserung, Resozialisierung und so weiter wegzulassen. Und im Weiteren geht es dann darum, die in ihrer ursprünglichen, katholischen Klarheit verstandene Strafe besser und effektiver in das soziale Umfeld einzubinden. Zu früheren Zeiten war sie das; doch dann kam der Fortschritt und machte alles kaputt."

„Ich verstehe nicht. Was soll der Fortschritt kaputtgemacht haben?" fragte der Intellektuelle ungeduldig. Er sah sich offenbar auf der Seite des Fortschritts und fühlte sich verpflichtet, ihn zu verteidigen.

„Zum Beispiel gab es früher den Pranger und die öffentliche Auspeitschung," sagte Aita. „Das Volk nahm Anteil an der Bestrafung des Verbrechers und hatte sein Vergnügen..."

„Was?" wunderte sich der Kontrolleur. Er war zu überrascht, um sich noch entrüsten zu können. „In diese Zeiten sehnen Sie sich zurück?"

„Nein," antwortete Aita. „In diese Zeiten wünsche ich mich nicht zurück. Das war damals noch zu grobschlächtig. Aber ich finde es betrüblich, daß man verschiedene positive Dinge, statt sie im Zuge des Fortschritts zu entwickeln und zu verfeinern, stattdessen kurzerhand abgeschafft hat."

„Das heißt, wenn es nach Ihnen ginge, würde man eine verfeinerte, fortschrittlichere Form der Prangerstrafe und des öffentlichen Auspeitschens einführen. Wie stellen Sie sich das denn vor?"

„Zum Beispiel könnten Pranger für junge und gut gebaute Frauen in Nachtclubs aufgestellt werden; und auch Auspeitschungen und sonstige Exekutionen an solchen Delinquentinnen könnten an solchen Stätten durchgeführt werden. Der Staat würde mit den Betreibern der Nachtclubs entsprechende Abmachungen treffen oder vielleicht sogar eigene Etablissements eröffnen..."

„Und was ist mit Männern und weniger jungen und wohlgestalteten Frauen?" fragte zweifelnd der Unterweltler, der bis jetzt geschwiegen hatte.

„Das ist eine spezielle Frage, die gesondert behandelt werden müßte," sagte Aita.

„Und zu welcher Strafe würden Sie sich selbst wegen Ihrer Schwarzfahrerei in einem solch fortschrittlichen Strafsystem verurteilen?" fragte belustigt der Intellektuelle, der sich offenbar von seiner Überraschung erholt hatte.

„Nun, so zwei bis drei Wochen Gefängnis würde ich mir schon geben," sagte Aita. „Von Abends bis spätnachts müßte ich in lockeren Dessous zum Vergnügen der Gäste am Pranger stehen; bei schlechter Führung oder Verstößen gegen die Gefängnisordnung auch schon mal nackt und in Reichweite der Gäste, die mich dann anfassen und zwicken dürften. Und zwei oder drei mal auspeitschen; vielleicht auch häufiger."

„Nicht schlecht," sagte der Unterweltler.

„Genial," pflichtete ihm sein Kollege bei. „Statt in der Sterilität eines heutigen Gefängnisses sinnlos vor dich hin zu vegetieren, würdest du in deinem Bestraftwerden zu einem Objekt öffentlichen Vergnügens."

„Und dann sollte man es zum Beispiel auch so einrichten, daß etwa Kontrolleure, die einen bei wiederholtem Schwarzfahren er-

wischen, einen nach eigenem Ermessen selbst bestrafen können,"
sagte Aita.

„Richtig!" rief der Unterweltler. „In der Tat ein Skandal, daß
solches in den Dienstvorschriften nicht vorgesehen ist. In welchen Zeiten leben wir eigentlich? Mit dem größten Vergnügen
nähme ich dich mit nach Hause, um dich nach allen Regeln der
Kunst zu bestrafen; und mit solcher Inbrunst würde ich solche Arbeit verrichten, daß ich nicht einmal Angst hätte vor unbezahlten
Überstunden!"

„Deine Frau würde dir wat pfeifen," lachte sein Kollege.

„Wieso?" wunderte sich Aita. „Andere Männer nehmen doch
auch Arbeit mit nach Hause?"

Ein Bus fuhr in die Haltestelle ein.

„Wir sollten weiter," sagte der Intellektuelle. Er zog eine Münze
aus der Tasche, drückte sie Aita in die Hand: „Kauf dir davon ´ne
Fahrkarte. Und laß dich nicht wieder erwischen!"

Und bevor sie die Münze hätte zurückgeben können, waren
die beiden auch schon unterwegs zum Bus, wo neue Opfer ihrer
harrten. Der Intellektuelle wandte sich noch einmal um: „Machs
gut!" rief er.

„Wenigstens hätte man sich ihre Telefonnummer aufschreiben
können," ärgerte sich der Unterweltler, bevor sie sich trennten
und, wie es sich für Kontrolleure gehört, der eine durch die vordere, der andere durch die mittlere Tür, im Gedränge der Fahrgäste
im Busse verschwanden.